FAITH
in
A SEED

种子的信仰
博物图鉴版

[美] 亨利·戴维·梭罗————著
赵燕飞————译

中国·武汉

图书在版编目（CIP）数据

种子的信仰：博物图鉴版 /（美）亨利·戴维·梭罗著；赵燕飞译.－－武汉：华中科技大学出版社，2021.9（2025.2重印）
（蓝知了）
ISBN 978-7-5680-7231-1

Ⅰ.①种… Ⅱ.①亨…②赵… Ⅲ.①散文集-美国-现代 Ⅳ.①I712.65

中国版本图书馆CIP数据核字(2021)第132414号

种子的信仰：博物图鉴版

[美]亨利·戴维·梭罗 著

Zhongzi de Xinyang
Bowu Tujianban

赵燕飞 译

策划编辑：刘晓成
责任编辑：林凤瑶
责任校对：刘 竣
责任监印：朱 玢
插图整理：刘晓成
装帧设计：璞茜设计

出版发行：华中科技大学出版社（中国·武汉）　　　电话：（027）81321913
　　　　　武汉市东湖新技术开发区华工科技园　　　邮编：430223

印　　刷：武汉精一佳印刷有限公司
开　　本：710mm × 1000mm　1/16
印　　张：15.75
字　　数：240千字
版　　次：2025年2月第1版第6次印刷
定　　价：59.80元

本书若有印装质量问题，请向出版社营销中心调换
全国免费服务热线：400-6679-118　竭诚为您服务
版权所有　侵权必究

我不相信，

没有种子，

植物还能发芽。

我对种子怀有极大的信念。

这份信念使我坚信：

你若有颗种子，便能期待奇迹。

——亨利·戴维·梭罗

我与梭罗的四次邂逅

我与美国作家梭罗总是在人生的某个阶段不经意邂逅。

二十多年前在大学选修美国文学时，美籍教师 Joyce 女士教我认识了梭罗这位美国作家。记得那次上课时，Joyce 老师有点感冒，嗓音嘶哑，但是却一反常例，坚持在课堂上全文朗读梭罗《瓦尔登湖》的一个节选，其中一段的主旨是提倡极简生活："把一切不属于生活的内容剔除干净，把生活逼到绝处，简化成最基本的形式，简单，简单，再简单。"当时感觉 Joyce 老师特别喜欢梭罗这位作家，喜欢他的《瓦尔登湖》。否则，她完全可以像对待其他美国作家那样，只是讲解和分析作品。也许是受老师的感染，下课后我从图书馆借阅了徐迟翻译的《瓦尔登湖》，书中描写的梭罗在湖边两年又两个月的生活和思考令人深思，使人读后禁不住遥想那个远在美国康科德的瓦尔登湖，遥想那个选择农民式生活方式的哈佛毕业生梭罗的超验生活实验。

我与梭罗的第二次相遇，是在读博士研究生时，当时人民文学出版社的编辑因《重塑梭罗》一书的原译者不能履约，转而委托我来翻译此书。大学期间对梭罗《瓦尔登湖》的美好回忆使我在没有阅读原书的情况下便一口答应下来。这本书是剑桥大学出版社出版的一本学术专著，内容主要是梭罗在完成《瓦尔登湖》后专注于大自然研究的思考和写作,强调了梭罗生命的后期并不像人们所认为的那样,自《瓦尔登湖》后再没有产出什么好的作品。翻译的过程也是学习的过程,特别是翻译到直接引用梭罗的文字时,我能够感受到梭罗对大自然的热爱,观察大自然的细心和文笔的优美。这是我人生中翻译的第一部学术著作,之后又译过几本,有出版的,也有因故未能出版的,但是迄今只有这本译著的翻译给我留下了最为深刻的印象。是因为梭罗的缘故吗?

最没有料到的是,我竟然在十余年后梭罗生日的那天7月14日去了瓦尔登湖。2016年6月,我和同事一起赴美,参加哈佛大学世界文学所举办的暑期班。其间,偶遇大学师姐甘老师,甘老师在美读书的儿子开车来看她,问我是否愿意到周边看看,于是,我竟然梦幻一般地来到了离哈佛所在的小镇剑桥约半小时车程的瓦尔登湖!瓦尔登湖不像我想象的那般烟波浩渺,一望无际,看上去就是一个普通的湖,远没有西藏的纳木错湖和新疆的喀纳斯湖深邃辽阔。瓦尔登湖虽然不大,却是个令人心旷神怡的去处,湖水透明清澈,湖心倒映着蓝天白云,岸边是纳凉消夏戏水的当地居民,也有寥寥可数的像我一般的访客。尽管与我想象的不同,但我仍视瓦尔登湖为内心的圣湖。为什么?我也说不清楚。是因为梭罗曾在这湖边徜徉、曾在这湖上泛舟、曾在这湖边思考过人生吗?记得回到波士顿的宿舍后,我在朋友圈发过这样的内容:

今天去了梭罗的瓦尔登湖。刚回来就看到李老师发来的文章，说今天是梭罗的生日。文章有的内容就节选自 2002 年我翻译的《重塑梭罗》。翻译的时候从来没有想到有一天我会来到湖边，感慨颇多。重读梭罗让我找到心灵的家园。

也许是瓦尔登湖因梭罗而圣洁，安抚了我那颗躁动不安的人近中年的心？

人生中第四次邂逅梭罗，是通过《种子的信仰》的译者、我的学生赵燕飞。燕飞北外毕业后不久，就去深圳工作，但一直坚守着她的学术梦想。几天前她打电话给我，说已翻译完了梭罗的《种子的信仰》，希望我写个短序，因她读书期间听我说过我翻译过有关梭罗的书。我好像去年许过愿，说以后尽量不要给自己的书、给他人的书写序。但是燕飞提出要求时，我竟然一口答应。无疑，这是梭罗的魅力；也是我太想看看《重塑梭罗》里提到的这本书到底是个什么样子了。端午节期间，我读完了《种子的信仰》，燕飞的译笔成熟老练，梭罗的思想在她的笔下自由自在地流淌。正如美国植物学家及自然史专家加里·保罗·纳卜哈恩（Gary Paul Nabhan）所说，在梭罗有关种子的作品中，"最可爱的段落总是那些深厚的文学素养涌入科学之海的文字。读这些文字时，我们能够体会到梭罗同大地相遇时的精确与优雅"。燕飞的翻译栩栩如生地再现了这些精确、优雅的描写：

众所周知，凤仙花果荚只要轻轻一碰就会像手枪一样迸出种子，突然而有力，以至于令人有些惊诧，即便你已有预期。它们像射击一样射出种子。我带它们回家时，这些家伙甚至在我的帽子里爆炸。

坚果掉落一个月后，在一棵坚果树下观察……地面看起来就像杂货店前的平台，村里人在那儿坐着闲聊，噼噼啪啪地剥果子，讲几个不大高雅的笑话。等你来时，热闹早已散场，只剩满地的空壳。

我们所有桦树球果的鳞瓣都是三瓣状，像一个典型的矛头……不过白桦的果鳞尤为有趣，形似展翅的大鸟，如越过田野、挥翅翱翔的雄鹰，每当我看到脚下的白桦果鳞，便总能想起雄鹰。

写到这里，我突然想到应该就此止笔了。书中梭罗对自然的探索，对种子的信仰，应该由读者来慢慢品鉴和欣赏。最后我想说的，梭罗的朋友爱默生已经说了："自然美是灵魂美，自然法则亦是灵魂法则……人于自然愈无知，心灵就愈空洞匮乏。"静下心来，聆听窗外的鸟啼，欣赏院里的花开花落，向梭罗学习，了解自然，热爱自然，解读自然。我相信梭罗的预言：你若有颗种子，便能期待奇迹。

马会娟[1]
于 2020 年 6 月 26 日

---

[1] 马会娟，北京外国语大学博士生导师、翻译研究中心原主任，《翻译界》主编，教育部青年长江学者。南开大学博士，英国爱丁堡大学博士后，美国蒙特雷国际研究院、哈佛大学访问学者。著有《汉译英翻译能力研究》，译著有《重塑梭罗》等。

Contents
目 录

001 | 种子的传播

003　第一章　种子的传播
005　第二章　启程飞翔的刚松子
010　第三章　采剥松果的小能手——松鼠
015　第四章　刚松林的生长小史
017　第五章　从树顶起飞的乔松子
020　第六章　采摘乔松果的红松鼠
023　第七章　铁杉和落叶松的松子盛宴
026　第八章　蝴蝶般的桦树种子
034　第九章　自在传播的桤木种子
035　第十章　带"翅膀"的槭树种子

039	第十一章	鸟儿们的槭树种子佳肴
040	第十二章	最早结籽的榆树
041	第十三章	水边生长的梣树
042	第十四章	风中飞扬的柳絮
046	第十五章	不毛之地的拓荒者
048	第十六章	享受沙堤温暖与庇护的柳树
051	第十七章	百折不挠的黑柳
056	第十八章	起点渺小的柏树
059	第十九章	种子的另一双翅膀
060	第二十章	樱桃——鸟儿的最爱

066	第二十一章	鸟儿们的果实大餐
073	第二十二章	贪恋莓果的动物家族
077	第二十三章	自然传播的果树和梨树
078	第二十四章	迸裂而出的凤仙花种
080	第二十五章	顺流而下的种子
080	第二十六章	各怀绝技的传播术
082	第二十七章	最早结籽的菊科植物

085	第二十八章	飞越沧海的蓟草
091	第二十九章	生生不息的火生草
093	第三十章	马利筋的生命宝盒
097	第三十一章	染白秋日原野
099	第三十二章	搭便车的山蚂蟥和鬼针草
103	第三十三章	有芒刺的牛蒡和苍耳
105	第三十四章	免交"运费"的琉璃草

106	第三十五章	随波逐流的水生植物种子
108	第三十六章	新生命之源——种子
111	第三十七章	洋流里的植物舰队
114	第三十八章	此消彼长的松树与栎树
117	第三十九章	播种行动的主代理——红松鼠
119	第四十章	栎树的天然苗圃
122	第四十一章	种子的生命力
126	第四十二章	辛勤的播种者——冠蓝鸦
128	第四十三章	松树林里的栎树苗
134	第四十四章	栎树的最佳保姆
138	第四十五章	栗树的秘密
142	第四十六章	栎树森林的播种者
150	第四十七章	坚忍顽强的山核桃树
158	第四十八章	有趣的冬青叶栎
160	第四十九章	严密看守榛果的松鼠
162	第五十章	贮存种子的白足鼠
165	第五十一章	功不可没的鸦科鸟
168	第五十二章	北美乔松的先锋部队——刚松
171	第五十三章	酷爱阳光的刚松
175	第五十四章	取代栎树的北美乔松
178	第五十五章	混生林的诞生
180	第五十六章	攻城略地的森林之争
185	第五十七章	康科德的森林史
187	第五十八章	人与自然的拉锯

| 193 | 梭罗其他晚期博物志作品 |

195	第一章　野果
227	第二章　野草和禾草
232	第三章　森林树木

| 237 | 译后记 |

种子的传播

贯叶连翘
perforate St John's-wort

那日，

我经过一片刚松林，

看见一些小生命在牧场间萌芽生长，

这些种子是风从松林里吹来的，

若干年后，

如果不被打扰，

这些幼苗定能改变这里的自然面貌。

第一章　种子的传播

　　普林尼（Pliny）的工作是那个时代自然科学的体现，他告诉我们有些树不结种子。他说："不结一丁点儿果实甚至不结籽的树只有柽柳——这家伙只能用于制作扫把，还有杨树、英国榆和意大利鼠李。"他补充道："它们常被认为是邪恶之树、不祥之物。"

　　许多人心中，对一些树种还存有挥之不去的疑问，比如会困惑这些树是否开花或结种，其实真正重要的不仅是了解这些树做了什么，还要探究其背后的原因。

　　当一片森林倒下，不论是被拦腰砍伐还是连根拔起，过不了多久另一片树林便会迅速蓬勃地长起来，这是再自然不过的事，我们对此也习以为常，从不

意大利鼠李
Italian buckthorn

费心探究森林如何更迭,很少将种子同树联系在一起,也不去预想这样经常性的更替何时会终止。就像所有古老国度的居民所做的那样,我们对植物心怀感激。欧洲的种植者对种子的价值必然有与我们不同且更正确的理解。总的来说,他们知道森林里的树木何时从种子发芽,而我们只有在砍伐它们时才知道这些树是从土里冒出来的,就像动物夏季褪毛后会再次长出来一样。随着时间的流逝和森林资源的枯竭,我们有充分的必要去更深刻地认识种子的意义。

本章的目的是为了说明,据我的观察大自然是如何播种森林树木和其他植物的。

当一片森林在此迅速萌芽生长而其同属植被却从未出现过时,我会毫不犹豫地说,它来自于种子。在已知的各种繁殖方式中,如移植、插枝等,种子的传播是这类情况下唯一可能的繁殖方式。从未有人听过这样的森林是从别的什么地方冒出来的。如果有人声称新树种是源于其他事物或者说它无中生有，那么他就要履行搜集证据的责任了。

接下来的任务是要展示种子如何从原生之地传播到它现在生长的土壤。这主要是通过风、水和动物等媒介实现的。较轻的种子，如松树和槭树的种子，主要通过风和水运输；而栎子和坚果等较重一些的种子则由动物传播。

第二章　启程飞翔的刚松子

我们先谈谈刚松。诸位读者可能对它坚硬的圆锥形球果较为熟悉，这家伙少了刀具就很难采摘——它又硬又短，是石头的绝佳替代品。事实上，罗马人就是这样利用松果的。他们把它称作pine-nut，有时也叫"the apple of the pine"，这就是"pine-apple"[①]的由来。据说当瓦提尼乌斯（Vatinius）试图用角斗士威慑人民时，对他厌恶至极的人朝他猛掷石块。罗马官吏们于是下令，不得于竞技场内投掷果子（apple）以外的任何东西；为了应对这一禁令，人们向瓦提尼乌斯改扔松果。那么，问题是：这种行为是否算作对法律的违抗。著名大律师凯斯德利乌斯[②]被如是问道，他说："如果你把松果扔向瓦提尼乌斯，那么它就是果子。"

如果没人采摘，这些松果可以熬过整个冬天，并且通常能存活多年。在大树树干周围两英尺[③]的地面，你会看见很多"年迈"的松果，有时它们会绕成一圈，这些松果早在二三十年前大树还很年轻的时候就一直待在那里了，它们是何等坚

[①] apple 在古英语里是所有果实的通称（包括坚果在内，但不包括浆果），换句话说，pine-apple 起初就是指"松树的球果"，后来欧洲人在美洲发现了菠萝，因它外形与松果非常相似，就称这种水果为 pineapple，而松果则改用了 pine cone 一词，取代了 pine-apple 的原意。

[②] 凯斯德利乌斯（Cascellius），奥古斯都大帝时期罗马著名的律师。

[③] 英尺，英制长度单位，1英尺约合 0.3048 米。

毅啊！

在这个坚硬多刺的黑褐色果壳里，大约一百粒深褐色的种子成对地结在一起，它那多刺的"盾牌"后，每对种子都占有一方独立的小巢。每颗种子的末端延伸出约四分之三英寸长的薄膜或翼瓣，薄膜或翼瓣分叉的末端又紧紧扣着种子，就像一只将种子衔于喙中的笼中鸟儿，一旦被释放，就可同种子一起飞翔并将它播撒。

风的讯息已经传来，它穿透果壁，种子早已临阵以待誓借这东风了。根据达尔文的说法，阿方斯·德·康多尔（Alphonse De Candolle）曾说过，封闭的果实绝不会有带翼瓣的种子。这类种子注定要飞翔，但它的翼瓣却绝不同它牵连，你可以随时取出种子，然后再弹出去，就像拆装钟表表面的玻璃一样。

太阳和风是种子小巢的钥匙，在第二或第三个秋天，它们噼里啪啦地将种子打开，整个冬天都是这样。就这样，它们躺在地面，弯曲细瘦的果鳞片朝风打开，风不断地将种子迅速抽出并将其播散开去。如果种子恰巧在平静的天气被释放，它们会直接落到地面，一路快速旋转；如果有风，它们则会或多或少地偏向一侧。这不禁使我想起了深腹鱼（deep-bellied fish）——一种灰西

灰西鲱
alewife

美洲西鲱
American shad

鲱或美洲西鲱，它们的侧翼和鱼尾朝这一侧或那一侧弯曲。这种鱼身体灵活的关键就在于其侧翼或鱼鳍，它并不是像鸟儿那样用于漫长多变的飞行的，而是在它游动于急湍猛流之际引导并助其前进的——每年，都会有一些棕色鱼群进行短途迁徙。

自然总是采用最简洁的方式来实现其目的。如果她希望一粒种子降落时能从其垂直降落的方向稍稍偏离一些，并以这种方式进行传播，也许，她只需把它压扁成一个边缘薄薄的圆盘——略微有些不平整——这样它在下降时就会偏斜一点儿。随着时间的推移，当自然想安排一场从松树枝头到地面更遥远广阔的飞行时，这时可移动的边缘，也可以叫作鳍或翼瓣，便会被纳入上述简洁的构造。

刚松繁殖力很强，尤其热衷于拓展自己的领域，在它很小甚至是株不到两英尺高的幼苗的时候，就开始结果了。

我注意到，愈是土壤贫瘠多石、树木很难生存的地方，这些树结的果实便越多。我曾丈量过一棵孤独的刚松，它仅有三英尺高，宽度也不过如此，却在山顶上的一块岩石上，播撒了一百多个不同龄期的球果。在登上了这座多岩的"城堡"后，虽处于极其不便的状态，但是它的第一要务是召唤上百名"追随者"，从而获得对这片土地毫无争议的占有权。

米绍（Michaux）曾发现，"无论这些树在哪里成群生长，松果只是零星地分散于枝头……等成熟后的第一个秋天就会释放种子；然而，那些孤独挺立的松树，它们的松果常以四五成群甚至数量更多的状态丛生，而且几年都不释放种子。"

在生命力最匮乏的地方，果实不仅最好，而且长在最外围的树上，这离不开强风的作用，它们可以将种子运送至一定距离并将它释放，这样种子就不会立即猛地落在贫瘠的地面，否则一颗种子就这样被浪费了。大家都曾注意到一丛高度均等的茂密的刚松林，它们很可能就是被一阵大风播种的，你也多半能猜出这些树种来自哪里。在我的想象里，当然这种想象也部分基于我切实的观

① 杆，长度单位，1杆约等于5.5码，约合5.03米。

察，这些树木的种子像雨珠般纷纷扬扬地落下来，落到二三十杆①那么远的地方，仿佛农人用手播撒粮食一样。

有时，伐木者会砍掉许多小松树，只留下年长的母株让其继续播种。一般情况下，松树苗长了五六年才会被注意到。

几天前，在经过一片松林时，我看见一些小树苗从草地散落的种子里萌发而起。有株今年刚萌芽的小幼苗在草地中勉强能被看到，我靠近时还误以为它不过是一簇苔藓。它仿佛一颗耀眼的小绿星，半英寸粗，细弱的根茎高出地面一英寸半。对长寿的松树而言，这是多么微不足道的开始啊！到了明年，它将会变成一颗更明亮的星星，再过几年，若是不被打扰，这些幼苗就会改变这里的自然面貌了。对小草而言，这些苔藓般的星星则预示着它的毁灭，真是不幸！因此，地表的这一部分将由草地变成森林，因为除了苔藓或青草，还有松树种子落在这里。这些现在被误认为是草丛里苔藓的植物，可能会长成参天大树，经受两百余年岁月的洗礼。

与北美乔松不同，刚松整个冬天都在陆续张开松果、散播种子，这些种子不仅被风吹到很远的地方，还能在冰雪地上滑行。这常使我想到，这大概就是平滑的雪地，特别是冰冻的雪地的价值，借着平滑的雪地，落于其表面的种子可以更好地传播。我曾多次在雪地测量，想知道落在最远处的种子到距它最近的一棵位于迎风方向的刚松树的直线距离有多远，然后我发现这段距离约等于最广阔的牧场的长度。我曾见过一粒种子飞越一片约半英里宽的湖泊，我想，很多时候，它本可以飞得更远。到了秋天，种子会被草地、杂草和灌木阻挡，但积雪一来便会掩盖一切，形成一层平坦的表面，不安分的松果仿佛搭载着因纽特人的雪橇般疾驰而过，直到失去翼瓣或遇到无法逾越的障碍，才终于躺下来，也许这里不久便会长出一棵刚松树。

同我们一样,大自然也有她的年度雪橇之旅。在像我们这样的冰雪地带,这样的树可以从大陆的这一侧逐渐转移到另一侧。

七月中旬时,我注意到湖岸高水位线的正下方有很多从石头、沙子和淤泥里刚刚冒出的小刚松苗,它们的种子由风吹来或经水流漂荡至此。不过,在水边一些长有成排松树的地方,十五或二十年后,那里的松树终会被冰冻的堤岸倾覆。

最近,我注意到在我们草地上的沙质铁路的路基上长出了一棵小刚松,它离最近的刚松树只有六十杆远,这种情况并不少见。我还曾在我家的院子里看到一棵小刚松自发地冒出来,离它的同属刚松约有半英里①的距离,隔着一条河和深谷、几条马路和篱笆,不过它还是在那儿长出来了。如果没人注意,这家伙很快就能把它的种子撒满整个院子。

每年刚松树的种子都会从刚松林里吹来,落于或肥沃或贫瘠

① 英里,1英里约合1.609公里。

黑麦
rye

的土地上。当处于有利的环境时,刚松林便会崛地而起,尤其是当土地十分开阔且处于下风向或者刚被清理、开垦或焚烧时。

有人告诉我,还有无数这样的例子。他种过很多刚松树,树被砍伐了之后,栎树却出现了,他把树砍了又进行焚烧,种上黑麦,结果没多久黑麦便被刚松林三面环绕,第二年茂密的刚松林便覆满了整个地面。

第三章　采剥松果的小能手——松鼠

松鼠也能协助传播刚松的种子。我注意到,每年秋天,特别是在十月中旬,有很多被啃掉的松枝和松针散落于树下。它们约有半英寸到四分之三英寸粗,一般有三到四条分支。今年,我在一棵树下数出整整二十截树枝,类似的松枝在整座刚松林里随处可见。显然,它们是松鼠的杰作,由于从未有机会探明其目的,去年秋天,我决意去探究一番。

苦思一晚后,我告诉自己:"无论在哪里发现大松鼠和刚松,任何一种如此普遍、有规律的现象都绝不会是蹊跷之事,它必然同动物的需求有关。"我发现自己生活的必需品是食物、衣服、住所和燃料,而松鼠只需食物和巢穴。我未曾见过这些树枝用于筑巢,所以,我推测这些家伙这样做的动机必然是获取食物。由于树上挂满了它们喜欢吃的松果,我很快得出结论:这些家伙咬断松枝就是为了得到松果并且方便携带。我一想到这点,就差不多明白了。

几天后,我经过一片刚松林,像往常一样,地面到处散落着松枝。我发现一截约十一英寸长、半英寸厚的树枝,上面挂着两颗封闭的球果,其中一颗将断未断地垂挂着。这片刚松林几杆开外的空地上还有一处地方散落着三条松枝,其中一条只有两英尺长,离它末端一英尺多一点、分叉的地方挂着三颗松果,一边挂有两颗松果,另一边则只有一颗;还有一条松枝则要更长一些。

观察验证了我的想法。松鼠们正把松枝连同它们的果实一起运到一个更方便的地方，以便立即享用或储存起来。你会惊讶地发现这些家伙竟搬运了一条"庞然大物"，有时它们的移动距离还相当远，它们比我们想象的更为强大。一位邻居告诉我，他曾有过一只灰松鼠，能拖动一整条带穗的大玉米从谷仓破碎的玻璃窗一跃而出，爬上墙壁，翻越屋顶，没准儿还能继续爬到一棵榆树上。

然而，你在森林里看到的多数松枝都要小一些，顶多算是羽状物，无论"肇事者"是为了减轻负荷还是要直奔松果处，这些羽状物经常在松果的上方被径直剪断。去年秋天，这样的树枝被大量砍下，因此刚松林里留有松果的刚松树

北美灰松鼠
eastern gray squirrel

极少。所以，当我穿过树林看到棕色的地面散布有绿色的小枝时，我通常都能在附近发现一片更为繁茂的刚松林。

令人惊讶的是，松鼠竟如此粗鲁地剥夺、毁坏它们赖以生存的树林。我常想，如果这些树长在果园且归我所有，我定会因这损失大声哀号一番。虽然如此，但刚松林也勉强得到了些修剪，兴许对它们有些好处。

显然，多数情况下，松鼠只携带松果；不过也许有只强壮的松鼠，比起搬运三趟松果，更乐意一次搞定所有松果和树枝。我有一次就碰到过二十四颗分外新鲜、尚未打开的松果被堆放在一棵孤松下，很明显，有家伙正准备将它们运往别处。

去年十月，我碰巧没像往年那样见到这些松果有在什么地方被吃掉或剥掉的迹象。所以，我得出的结论是，它们多半是被收集到松鼠居住的树洞或地洞里了，又或许其中一些松果就像坚果一样被单独掩埋了。

试想，在十月份，松鼠们定会忙得不可开交，全州的每一片刚松林里一定有它们啃咬树枝、收集松果的身影。在农夫挖掘土豆和收集玉米时，他大概不会想到他的松鼠同行们正在不远的树林里更为勤勉地收割着松果。

通过这种方式，松鼠也能将松子远播于田地。我常在遥远开阔的田间发现刚松松果，它是松鼠朝树木、墙壁、树桩或栅栏边长途运送松果时掉下来的。在那儿，松果有时会被雪覆盖一整个冬天，直到雪散去并能感受到太阳的温暖时，种子才会膨胀脱落。

刚松松果的果柄极为厚实、坚硬，一般而言，仅木本部分的直径就能达到四分之一英寸，不过它们不够长，所以很难采摘。虽然分外坚硬又不好把控，但你在地面上看到的每个新鲜的刚松松果多半是被松鼠咬掉的，你还能清楚地看到果把上松鼠留下的牙齿印记。它一边啃咬一边将松枝折弯，这样它不用几口便可以轻松地将松果与枝干分开。

采摘好松果后，松鼠便坐在篱笆柱或其他栖木上，从松果的根部开始往上啃，一个接一个地啃掉鳞片，一边走动一边享用种子，最后松果末端便只剩下些"残鳞空片"了。被啃光的松果呈现出十分漂亮的花朵般的形状，若是用刀具制作，恐怕得花不少时间。

对于采松子、剥松果，松鼠家族可谓门儿清。这是它们的长项。不过我想知道您能否给出一些改进意见。也许经过好几个世纪的尝试，它们直觉式地选定了这种方法，假如人类也必须用牙齿打开松果的话，最后我们的理性也会促使我们做出这样的选择。早在人类发现松果中含有松仁之前，这些小家伙就了然于心了。

让我们再仔细瞧瞧这个过程。如果没必要，松鼠不会探爪、顺须或啃啮坚硬的果壳。除去碍事的树枝和松针（有时甚至包括冠部，这是因为就像熟练的樵夫一样，它首先要留够足够的边缘和空间），再三下五除二地用它那凿子般坚硬的牙齿咬掉松果粗壮的茎，就这样，松果成功到手。当然，松鼠绝不会让它掉到地面，而是会好奇地观察片刻，好像这不是它的似的。不过，小家伙很可能在思考松果的位置，并将它同头脑里的上百个松果放在一起，好像只有这样才能更加巩固对松果的所有权以免自己粗心误事。到打开松果的时候了，它将松果捧在手中，刚要咬下去，凹凸不平的硬球果几乎马上就要打起转来，它又停顿了片刻，也许并不是在疑惑从何下手，而是想听听风里的声音。松鼠完全清楚不能从松果的尖部下手，因为这样就会碰到很多老鳞瓣和尖刺。要是哪天连这小家伙都找错了开松果的方向，那么那个年头必然不是什么好光景。它还知道一气之下从硬壳处咬下四分之三英寸实在不算明智。不过，它不必总是去思考这些它已经知道的事实。听到声响之后，它便会麻利地把椎果底部向上一翻，从鳞瓣最少、刺最短的地方开始，果柄最后只剩一小截，根本不碍事，这是因为松果的茎被从树上扯断时早已暴露了它的薄弱面。松鼠继续朝鳞瓣瘦弱的底部咬，每一下都很关键，不一会儿，几粒种子便露了出来。可以说，松鼠剥松果苞片剥得分外轻松，就像剥谷壳一样，它的动作分外敏捷，边吃边转动松果，除非你将松鼠驱走并探究一番它那未完工的杰作，否则你不会明白它究竟是怎么办到的。丢下这个，它会又跑向另一根松枝，没多久一堆苞片和有

北美红松鼠
American red squirrel

趣的果子便被留在了那里。

去年四月,我在李家崖顶一小片松林里的一棵小刚松下发现了一堆很大的松果,很明显,这是前年秋冬时节,红松鼠坐在约一两英尺高的死树桩上用同样的方法剥下的。说不定那附近有地洞供红松鼠们暂住。我数了数,仅在这棵树下就有二百三十九颗松果,多数松果散落于苞片层上方约两英尺见方的区域内,球果的鳞状苞片叠了有两英寸厚、直径有三四英尺——这说明这些松果是几只或很可能是一只红松鼠剥下的。它们把松果全部带到这个树桩附近,这样一旦有危险,它们离洞穴也不会太远。周围的刚松树下,还有很多相似的松果。看来,这些家伙把这周遭所有刚松林都搜刮了一番,不过,还有谁比它们更有权利呢？

　　红松鼠每年都会以这样的方式收获松果。它们的身体同松果的颜色相近，这样这些灵活剥松果的小能手当然也会大快朵颐。松果就是给可以打开它们的动物吃的。至于新植被的种子，有它们餐桌上掉下的"面包屑"，大自然就会很满足了。

第四章　刚松林的生长小史

　　这就是刚松繁衍的一些主要方法。我知道不少有关它们的历史。

　　观察林间的任何生物生长都令人感到愉快。贝克斯托沼泽的东北部有一片土地，几年前，我曾去那儿采集黑莓，后来我发现刚松林渐渐在那里扎根生长。我从那时起便注意到，它们生命力旺盛，逐渐均匀地铺满了整片平原，宛如艺术品一般。起初，小路两旁的小刚松树像栅栏一样排列着，它们长得茂盛，生于如此宽广的世界又始终紧紧依偎。十一年前，我初次意识到我行走在一片刚松林而不是一片黑莓地里，也许我该马上勘测一番，做好拍卖木材的准备，而伐木工们也要开始工作了。我自言自语道，这些树注定要落入伐木机口，不过幸运的是，伐木机最近改变了"口味"，这些松枝——需花费数年才能长成的松枝——甚至被伐木工视为垃圾。

　　詹姆斯·贝克（James Baker）家后面也有一片刚松林，记忆中那儿曾是光秃秃的牧场。十年前，那里已是一片开阔的刚松林，散步时我常要折断一些又长又宽的树权，这样才能于林间自由穿行而不惊扰脾气不好的看门狗，屋里人看不到我，不过我能听到他们家里的"叮当声"。不过，我有时也会靠近些，瞧瞧树间整排亮晶晶的牛奶锅。这就是我们宽广平坦、令人赏心悦目的森林，那里一半是田野，一半是森林。到了郊外，树木则要分散很多而且有足够的空间，地面到处是松针，仿佛一块松针毯，间杂着加拿大早熟禾、一枝黄花、贯叶连翘、黑莓藤和小松树；再往深处，还有盛开的加罗林雪轮、杓兰；再往里走，你则会看到一片片土地覆盖着又干又厚的白发藓，或者半覆着松针的几乎裸露的土壤。未来森林地面的雏形就此展开。

　　同样令我印象深刻的是深渠东边茂密的刚松林，我记得那是一片开阔的草地，有鸽子生活在那里，我也常去那里采摘黑莓。那儿还有一条令人分外欢欣的林间小道，日暖灼热之际，树荫间便会传来棕林鸫的阵阵歌唱，于是我们便将它称为鸫巷。我还听过这种鸟儿在稀疏草地上的几丛树林里歌唱。它们于新生松林间唱响的第一支歌，代表了一个新时代的开始。

加拿大一枝黄花
Canada goldenrod

大花四照花
flowering dogwood

棕林鸫
wood thrush

第五章　从树顶起飞的乔松子

说起北美乔松，你们一定曾注意到它绿色的镰刀状的松果丛生于高大的树顶，这些树往往十分挺拔，让人难以接近。约莫九月中旬，这些松果就会转为棕色并在太阳和风的作用下渐渐开裂。就像刚松一样，它的种子也会传播得又远又广。

对我们不用的种子，我们的观察是何等欠缺；对乔松子的成熟和传播过程，其关注者又是何其有限啊！丰收年的九月下旬，六或十英尺高的乔松树顶部长满了松果，每颗松果的尖端向下，微微张开。即便在六十杆开外的地方，这样的景象依然清晰可见，值得我们驻足片刻，找个适合的高度好好俯瞰一番。在这样一种我们通常认为不会结果的树中，我们希望找到某种繁殖力的证据。就像老农总是在十月察看一番他的果园一样，我也会不时去乔松林，就是为了瞧瞧它们的松果。

除去少数一些被松脂黏到树上的种子，乔松子多数于九月降落。比起刚松，它们至少有个优势：由于乔松子一般长于高大树木的顶部，它们的种子能被风吹送到更远的地方，所以也能落得更远。

比起刚松，乔松结果要节制一些。虽说刚松更难移植，但是凭借丰富的籽量以及整个冬日种子持续的飘落，它更易于传播并占据地盘。不过，我们也要知道，乔松的传播范围更广，这是因为它不仅长于开阔的地面，还能于林间萌芽生长，而这是刚松所不具备的。

虽然如此，一八五九年的秋天，乔松林也迎来了大丰收，其丰收之景不仅出现在这座小镇，而且在这一带乃至伍斯特地区都是如此。在半英里以外的地方，我就能看见它沉甸甸的棕色球果。

在已有三十或四十年树龄的乔松林内部或附近，你还常常能看到一些更大更老的树，乔松林的种子即来源于此，这些老树长得更高，就像被孩子簇拥的老父亲一样，不过它的第三代孙子辈，则分布得更远一些。

由于乔松子掉落的季节较短，再加之一些不利的因素，它的种子会被风吹到不亚于刚松种子传播的距离。我经常路过开阔地中间的一片潮湿茂密的草地，那里很快就长满了小乔松，它们的种子至少被吹送了五六十杆远。这些小乔松苗正迅速蔓延至良港山的整个东北部，不过，已经结果的离我们最近的乔松树也在河对岸三十到六十杆开外的地方。此外，我还注意到，在阿比尔·惠勒家外的拐角路上，约有四分之一英里长的路段，穿过一片宽阔空旷的土地，有相当多的乔松林靠着南墙破土而出，它们一定是从东面五十杆外的哈伯德树林吹来的种子长成的；在镇上的其他地方，我也注意到了同样的现象。这些乔松就像塞瓦斯托波尔（Sevastopol）的法国士兵一样步步为营、一往直前，不久我们便能看到小树枝向我们招手了。

最后是一排大小不一、间隔较大的树，它们的种子逐渐被墙拦截并守护着。我发现，尽管这些种子数量很少，但同样按照和雪一样的规律进行飘移。事实上，这个镇子任何一个地方都离结果的松树相距不远，我对此感到满意，不过对松子来说，风将它吹到哪里，便有生命在哪里。我们看到，这些松苗常在遥远且被忽视的草地上和篱笆旁如雨后春笋般冒出，这足以说明：如若不是为了耕种的目的，这片土地将会发生什么——除了我们的犁、锹、镰刀，再没有任何事物可阻止它们未来几年在整个镇子破土生长。起初它们长势很慢，不过在长到四五英尺高后，只需三年它们就能长到七英尺高。

多年来，每天穿行于这些路上的行人——更确切地说，这些道路的占有者——并不会注意到哪里有什么松树，更很少会思考它们来自哪里。不过，他们的后代最终会知道，他们曾拥有一片何等壮观美丽的乔松林，即便种子来源地的树林已消失很久。

当思及大自然的坚毅和她悠久的奋进历史时，对于这些结果，我们自然不会感到惊异。这并不意味着大自然的行动显示出何种超乎寻常的速度与成功。一大片松林一年内可能会落下数百万颗种子，但如果其中只有六颗种子被运到四分之一英里外的篱笆边安营扎寨，而其中又只有一颗能破土而出，在十五或二十年的时间里，那里将有十五或二十株小树，它们逐渐自成一道风景，并亮出自己的来历。

以这种随性的方式，自然终会为你创造一片森林，尽管这似乎是她最后想到的事。以看似微弱、隐蔽的步伐——以地质学的速度来衡量——她经历了漫长的征途并创造了伟大的杰作。说这种森林是"自发产生的"，这不可不谓是种粗俗的偏见。科学知道从来没有突然出现的新创造，而只有根据现有规律稳步的发展，也就是说，它们来自种子——这是万物相生的结果，尽管我们可能没有意识到它们的作用。

这是一个男孩的声明，并不意味着多少智慧，他发现"小打击砍倒大栎树"，这是因为斧头的声音引发我们对此类灾难的关注。我们很容易数清斧头击打树木的次数，当大树轰然倒下，邻里很快便会得知。不过，很少有人想到另一种不同意义且经常重复的"击打"也能造就高大的栎树或松林。路上的行人也很少听到它的声音，或是转过身同正稳步开展工作的大自然交流。

大自然的工作并不过分匆忙。如果她必须要长出一片水芹或小萝卜地，她的动作就会麻利些；但若是一棵松树或栎树，她就似乎总是慢悠悠或懒洋洋的，她总是这样自在而有把握。她知道，种子除了用于繁殖外还有许多其他的用途。如果今年每一颗栎子都被毁了，或者松树没有结果，不要担心，她还有很长的时间，就像豌豆藤不必每年结出果实，一棵松树或栎树也同样不必每年结果。

然而，即便用我们的感官衡量，大自然对松树的培育也并不总是慢慢悠悠。你们都见过小乔松苗如何迅速地从一片草原或空地拔地而起，有时快得几乎让人难以理解。用这种方式种植的小树林很快就改变了附近的自然面貌。去年你可能在那里种了几棵小树，但明年你就会发现一片森林。

一七九三年，《麻省地方志》（*Massachusetts Historical Collections*）中一篇关于杜克斯伯里的记述这样写道："塞缪尔·奥尔登上尉（Capt. Samuel Alden）发现了小镇上的第一棵乔松，十二年后他去世了。现在约有

红胸䴓
red-breasted nuthatch

八分之一的林间土地都被这种树木覆盖。"鸽子、鸭鸟和其他鸟类大量吞食乔松子,仅靠风力传播是不够的,你会经常看到鸽子把乔松子带到田里,速度比火车还快,这样,乔松子就被播种到了它从未生长过的地方。

第六章　采摘乔松果的红松鼠

如果你是平生第一次来这里采集乔松种子,那么每得到一枚种子,你也许得感谢一番红松鼠为此付出的辛劳。如我所说,乔松种子在九月成熟,当松果打开时,种子便会很快被吹出来;不过,松果整个冬天都挂在枝头,只有在刮大风时才会不时掉落。如果你盼着有颗松果正好以这种方式落下,那么你一定会发现它是空的。我想，我可以大胆猜测这里的每一颗松果都是被红松鼠咬掉的。当然，这镇子里的每颗松果都有权利在打开和失去松子之前自然地降落到地面。早在松果成熟之前，红松鼠就早早开始采集松果。当松果还很小的时候，它们通常要赶在松果熟透之前将它连枝折断。我认为——如果我可以这么说的话——它们故意选择未熟的松果一定程度上是为了防止松果张开和种子流失，这是因为这些松果是它们冬天千辛万苦刨开积雪得到的，并且是唯一可能含有种子的松果。很快，这些小家伙便将松果运走了，这些松果被搬到地洞时还新鲜着呢。

尽管一般来说一到两岁的松子未必可靠，不过劳登认为，"如果多数种子能留在松果里，几年内都能保有生命力。"这些松果中似乎没有多少完好的种子，红松鼠偶尔会种一棵乔松树，也会为自己储存食物，这也许就解释了为何几年来没有种子掉落的地方，会有乔松树突然破土而出，我也经常发现一些被搬运了相当距离的乔松果。如果你在九月下旬穿过一片乔松林，你会看到地面满是绿色的球果，而那些留在树上的则全部会裂开。不过，在一些树林里，所有的球果都掉在了地上。

八月到九月初是红松鼠异常忙碌的时节，它们穿梭于各地的乔松林间，忙着采集松果，它们十分了解这种树木的自然属性。或许它们也会分开储存种子，因为到九月中旬，留在地面上的大部分种子都会被它们剥掉。就像剥刚松松果般，它们依然选择从底部开始。不过，也有不少摘得较晚的松果会自己裂开，种子散落在地上。

第一次出发采集乔松种子时，我如同未熟的松果般青涩，错过了采摘的最佳期；第二年，红松鼠已帮我收集好了所有松果，不过很多松果还没成熟；第三年，我试着同红松鼠比赛，选准恰当的时节亲自上树采摘松果。来听听我的经验吧：

一八五七年九月九日

杉树林里采乔松果。很少有树能结出果实，并且它们多半长于树的顶部。我能轻松搞定十五或二十英尺高的小树，左手抱着树干一直向上爬，直到右手能够到悬挂着的犹如绿色小黄瓜般的果实。不过，我摘到松果时，早就像腌黄瓜般狼狈不堪了。松果到处溢着松脂，我的手很快便也沾满了松脂，以至于"战利品"也黏在了手指上，所以我很难将它丢到地面。最后，我爬下了树并捡起松果，不好用这样的手掌触碰篮子，只好将篮子挎在胳膊上，我也无法捡起脱掉的外套，除非用牙齿代劳，或者把它用脚踢起来然后用胳膊接住。这样，我从一棵树到另一棵树，不时地在小溪和泥坑里搓手掌，希望能找到一些像油脂一样可去除松脂的东西，不过最终徒劳无功。这是我做过的最黏腻的（stickiest）工作，但我还是坚持[①]（stick to）了下来。我没有见过松鼠如何将它们啃落，然后再将其打开，一瓣接着一瓣，并始终让爪子和胡须保持干净的。它们也一定有我们所不了解的解决松脂的秘方，因为它们不仅能摸松果还能不被污染。我多想得到这个妙方啊！若是能同松鼠家族合作，请它们帮我采摘松果，那我采松果的速度可就快多了！要是有把八十英尺长的大剪刀和一个可操作工具的井架也行！

[①] 同stickiest谐音。

经过两三个下午的时间，我采集了一蒲式耳[②]松果回家，不过我还没开始剥种子。有了外面的刺，它们包在里面要比藏在充满刺的壳子里的栗子安全多了。我必须要等到它们自行裂开的时候，再让自己沾上一手松脂。

[②] 蒲式耳：英美制计量容量的单位。

我房间里收集的这些绿色松果有种强烈的烈酒味，有点像朗姆酒，或者像一些人可能会喜欢的糖蜜味。

总之，我发现采松果这项业务不怎么划算，因为一般来说，它们结的松果连松鼠都不够用。

第七章　铁杉和落叶松的松子盛宴

整个冬天，铁杉种子和落叶松子落个不停，以和刚松子相似的传播方式播撒开来。树下的溪流表面还浮动着很多铁杉种子，这样，我很容易看出它们是从何时开始落下的。

据我观察，如果针叶树哪一年结种颇丰，到了第二年它们结籽量则尤其少。

一八五九年，乔松、铁杉和落叶松大量结种，因此以种子为生的北方鸟群（如朱顶雀、金翅雀和其他鸟类）数量众多，第二年春天，我在这里第一次看到了交嘴雀。

的确，我想我能通过森林中鸟儿的数量判断今年种子的多寡。不过，在一八六〇年，我却从未碰到过一颗新鲜的铁杉果或落叶松松果，我也不确定是否见过成熟的乔松松果。那年冬天，我也没见过上述任何一类鸟儿。

一八五九到一八六〇年的冬天，我看到大批白腰朱顶雀啄食铁杉籽。铁杉树的锥形顶部结有大量的种子，它们也正是因为有了这些小生命而愈加焕发生机。阿萨贝特河畔铁杉树下的雪地上，点缀有各式球果、苞片和种子，大概是风和鸟儿运输时不小心落下的。放眼望去，散落的种子、球果似乎使雪地的底色也显得暗沉了些。此外，雪地上还不时出现"慕种而来"的朱顶雀、山雀和松鼠，这下，它们冬日的储粮就分外充足了。新雪还未完全覆住旧雪，便又落下了一波种子，它们在纯净无瑕的雪地上显得分外耀眼。整个冬天，此类景象倒是寻常了。

白腰朱顶雀
common redpoll

我站在那附近的时候，飞来了一群小山雀。同往常一样，它们又被我吸引了，颇有胆量地栖息在附近，随后又落到雪地上，采集四周散落的铁杉种子，偶尔啄起一粒带上树梢，用爪子不停地敲打，试图将种子与翼瓣或外壳分离开来。我还曾见过同一批鸟儿扑向雪地上种子已经脱落的刚松种子翼瓣，随即又满是失望地飞起，毫无疑问，这些鸟儿既食用铁杉的种子，也吃刚松子。

一位老猎人告诉我，三月会有很多鸽子栖息于铁杉树顶，他觉得它们是在享用种子。

次年四月，我看到交嘴雀在铁杉树边忙着觅食，这是我头一次见到活生生的交嘴雀。

同年冬天，我看到成群的朱顶雀从落叶松果中啄取松子。它们栖息于结有松果的嫩枝上，在那里摇摇晃晃、不屈不挠地啄着松果，一会儿尝尝这个，一会儿试试那个，有时干脆把种子挑出来一口吞下。以这样的方式，朱顶雀协助了种子的传播。

我还看到幼小的铁杉和落叶松于润土茁壮成长，像刚松树的种子那样，风将它们的种子送到土壤——不过由于这些树在这一带比较少见，我很少注意到这些种子。例如，几天前，我在草地上看到了许多小落叶松，它们显然是从马路对面十几杆远的大落叶松林里吹来的种子冒出来的。

云杉球果直到春天才裂开。不过，我发现在十一月就有松鼠剥掉了云杉球果苞片，就像剥松果那样。

威尔逊（Wilson）和其他人说，以松子为食的鸟儿除了有鸟喙灵活、方便打开松果的交嘴雀，还包括红胸䴓、紫朱雀、美洲旋木雀、山雀[1]、松金翅雀、松莺，或许我会加上白腰朱顶雀和鸽子。

① 应该是黑顶山雀（*Poecile atricapillus*）。

第八章　蝴蝶般的桦树种子

这个州有四种常见的桦树，都盛产带翼瓣的种子。到了十月中旬，一些加拿大黄桦树上短粗的棕色球果几乎同树叶一样繁密，在天空的映衬下，整片树林显得十分阴暗。

加拿大黄桦的种子从十月开始掉落，整个冬天持续飘落。本地其他桦树也是如此。

我们最常见的小白桦的果实由许多下垂的圆筒形的柔荑花序组成，细长的花序又包含了层层重叠的鳞瓣，每片鳞瓣的下方都含有三枚带翼瓣的种子。值得注意的是，它和松柏分别属于截然不同的科属，但二者的种子却很类似，也常常被冠以同样的名字——球果。我还发现，刚松果的苞片总是排列成十三条

加拿大黄桦
yellow birch

环绕的螺旋线，白桦球果也是如此——数一数鳞瓣中间突出的线条便很容易证实这一点。或许，我们值得花费片刻去思量为何大自然在这些情况下会如此偏爱十三这个数字。

我们所有桦树球果的鳞瓣都是三瓣状，像一个典型的矛头……不过白桦的果鳞尤为有趣，形似展翅的大鸟，如越过田野、挥翅翱翔的雄鹰，每当我看到脚下的白桦果鳞，便总能想起雄鹰。

不仅翼瓣分外轻盈，它们包裹的种子其实更像鸟儿并能被风吹得更远。其实，一有轻风拂动，种子便可轻松地从鳞瓣中剥离。白桦的种子要小得多，呈现出更为明亮的棕色，两侧各有一扇透明宽大的翼瓣，前方则有两个小小的深棕色花柱，仿佛一只带触须的昆虫，像极了一只只棕色的小蝴蝶。

当球果完全干燥成熟时，一经风吹动或摇动，便会像谷糠一样纷纷剥落，通常从球果的底部开始，整个冬季球果各部位渐渐脱落，只留下光秃秃的线一样的果核。因此，不同于松树的球果，整个球果完全失去了凝聚力，变得四分五裂。

白桦的柔荑花序约一英寸长、四分之一英寸宽，包含有约一千颗种子，若是按间距七英尺计算，这些种子足以用来播种一英亩土地。毫无疑问，一棵桦树包含的种子足以在康科德地区的所有老田里播种好几轮。照这个比例，你可以将一千英亩耕地的种子随身存储于一个三英寸见方的小盒子里。

种子很小，又轻如糠皮，因此不会平稳地落在地上，总是要经过几个弯才行。大风吹来时，它则会像尘埃一样飘浮于空中，又蓦地从你眼前消失，就像那些印第安人称为"无影踪（no-see-ems）"[①]的小昆虫那样。

① 即蠓虫。

有的种子掉落时伴有轻微的震动，有的则吊在树上晃晃悠悠地不停翻动，直到又一阵风将其吹落。狂风突临时，像这样乃至要重一些的种子定会被吹送得很远，越过高山，不，会越过我们最高的山。正是由于风的传送，特别是春秋两季频发的大风，种子才得以传播。阿方斯·德·康多尔曾引用洪堡的说法，说布珊高（M. Bousringault）曾见过种子被吹到五千四百英尺高，然后又落回这附近的地区（很明显是指阿尔卑斯山脉一带）。我想，我可以布置一个贮藏罐，以便在春季或冬日的大风天接住一些飘浮于空中的桦树种子。

这显然是一颗来自北国的种子，伴着冬雪，自然将它挥洒在雪地上——农人也不时这样播种。初雪刚刚降临，我就看到这些分外漂亮又如同鸟儿般的棕色鳞瓣和翼状种子被吹到薄脆雪层的一处处小凹洞里。其实，整个新英格兰到处都飘浮着桦树种子，几乎覆盖了所有的森林和田野，仿佛是定期筛落的。每有落雪，便有新的一层种子覆于地面，为过往的鸟儿提供源源不断的新鲜、方便的食物。在这个镇子的林地里，这些种子随处可见，很难找到一处没有它们身影的地方。

这些种子传播了多少英里啊！它们落于行人脚下，落在鲍克斯巴洛（Boxborough）、剑桥和其他很多地方，然而很少有人能认出它们。

任何一个仔细研究过新英格兰雪堤的人，十有八九会发现一些桦树种子。当桦树被折弯、摇动，或被林间小径的雪橇碾压而过，你经常会看到白色的雪地上露出棕色的种子，远远地就能瞧见。

同松树种子一样，桦树种子也能被风远远地吹过雪地。一八五六年三月二日，我沿普里查德（Plichard）先生家土地旁的河岸行走，这一带河岸附近树木相对稀少，不过我惊喜地发现，虽然雪刚下不久，风也不是很明显，河一边的雪地上却有很多桦树鳞瓣和种子。每平方英尺的地方就有一粒种子或一片鳞瓣；不过，离这附近最近的桦树林在三十杆外的地方，十五棵桦树靠墙成排延展开。离开河边，我朝小桦树林走去，桦树种子分布得愈来愈密，走到距树林还有六杆远的地方，密密麻麻的种子甚至让雪变了颜色。不过，在另外一侧，也就是桦树林的东边，却找不到一粒种子。这些树似乎只剩下了它们四分之一的种子。我从河边往回走时,在四十杆远的地方又看到了一些种子,要是处在一个更有利的风向,我或许还能在更远的地方发现种子;像往常一样,种子的鳞瓣吸引了我的注意力,而那些不易分辨的纤细的翼状种子很可能是从它们身上吹落的。这表明:自然在传播种子时是多么孜孜不倦!即便春天来了,它的劳作也不会停歇,桦树、桤木和松树的种子一直在传播。多数种子都会被吹送一定的距离,暂息于河流冰层上方的凹洞里,河水解冻后,它们便会被运送到更远处的河岸和草地上。正如我在实验中发现的那样,虽然鳞瓣很快就沉在水中,但种子能漂浮很多天。

靠近草地的地方有处低缓的缓坡,有水涨水落,相应地,我注意到附近的桦树通常像平行线似的成排生长,种子明显是河水上涨后被留下的,或是"寄居"在雪地表面一排排平行的凹洞。

去年夏天,我发现,生长于我们池塘(占地六十英亩)一侧附近的一些甜桦

甜桦
sweet birch

的种子已被漂送至其他岸边，在那里生根发芽了。

显然，除非种子下沉，在风或其他因素作用下落于池塘或湖泊表面的种子将漂至岸边，然后聚集到一片相对较小的区域，若是生长环境适宜，最终就能从该处陆地扩展。毫无疑问，如果现在在树林里挖这样一处池塘，我们很快就能发现，柳树、桦树、桤木、槭树等树木很快就会以这样或类似的途径沿其岸边生长，虽然以前这些树从未生长于附近。

阿方斯·德·康多尔提到，杜洛"援引过一个例子，据说，在淡水中浸泡二十年之久的芥菜种子和桦树种子仍保有生命力"。

你经常能发现，白桦树密集而整齐地生长于昔日林中小径的凹沟处，它们的种子应该是被吹送至凹沟并连绵成了一条长长的积雪沟。

就这样，桦树种子像微粒或轻尘般不断播撒于各地，它们多半很难被人认出是种子，这让我们想到那些更细微的种子，如菌类的孢子这样难以触及的种子如何在大气层中扩散，并且我们又如何得以了解事实真相。

难怪，白桦树如此常见，又如此有特色。白桦幼苗每年都会在很多不为人知的角落，特别是空旷或被烧过的地方抽枝发芽。

前几天，我注意到一株一英尺高的白桦树幼苗突然从我家门前大街的排水沟里冒出，它在那儿看起来就像长在波士顿的州立街一样奇怪。它或许是在一阵风中被吹到那里的，又或者是从樵夫的手推车里吹出来的。这表明，如果一个村庄被遗弃，必然会被森林迅速占据。

然而，劳登的《植物园》（*Arboretum*）里有个说法，那就是"小白桦①很少密集地出现，树木之间的间距也很大"。不过，这个发现似乎并不适用于这座

---

① 这里的小白桦指的是杨叶桦（*Betula populifolia*）。由此可见，梭罗在书中所写的白桦应该就是此物种。

小镇。由于种子得到了广泛的传播，土壤也渐渐适应了它，因此白桦种子不仅在开阔的土地上形成了十分密集且独特的灌木丛，在松树和栎树林中也广为分布。因此，这里很常见的做法是：当桦树开始腐烂时，把它们全部砍掉，留下寿命更长的树，这些树只长到四分之一或不及一半，且长得茂密。如果种子落在水面，它们多半会漂到岸边，在那儿抽枝发芽，不过，这些种子也常被周围的积水扼杀。

一般来说，当缅因州或北部一些其他地方的常绿林被烧毁后，纸皮桦是最早也是最常见的抽枝发芽的树，如同魔法，在从前未曾有过纸皮桦的地方竟形

栗胸林莺
bay-breasted warbler

纸皮桦
paper birch

成了这样茂密广阔的树林。不过，常被忘记或不为人知的是桦树的种子是何其丰富，它们又是何其欢快！桦树几乎分布于林间的各个角落。过去十五年间，我曾有机会在缅因州的野外生火多达上百次，我记得每次都能在驻地附近找到桦树皮用于生火，它实在是一种常见的燃料。

布洛杰特（Bloget）在其《气候学》（*Climatology*）中这样写道："桦树在北极圈的森林中比比皆是，在南至北纬四十一度的平原或高山森林都很常见。"对欧亚大陆北部而言，似乎同样如此。

劳登谈到一种常见的白桦的欧洲变种时说："根据帕拉斯（Pallas）的说法，整个俄罗斯境内，桦树比其他任何树种都要常见。从波罗的海到东部海洋，从每片森林到每个树丛，它们十分普遍。"劳登也从一位法国作家处得知："在普鲁士境内，到处都种植着桦树，在那里，它被视作防止燃料短缺的安全保障，通过播撒桦树种子填充每一处空地，确保森林的繁茂与生长。"

此外，我们很容易取得白桦幼苗，并用于移植。它们是最早吐叶的植被之一，所以很容易发现。我在一八五九年春天的一次徒步旅行中就碰到了一丛桦树，它们是去年种的幼苗，长在一片古老谷地边的草丛里。我知道，一个邻居很想要一些桦树苗，于是便拔了一百株，在旁边的沼泽里拿了些地衣将它们绑起来。再碰到这个邻居时，我从口袋里取出包裹，将这一百株桦树幼苗赠予他用于种植。用上述方式，用一到两个小时的时间，我便可收集约一千株幼苗，不过我建议最好在其移植之前，让它们生长两到三年，这样它们便能更好地经受干旱的袭击。到了一八六一年八月，我发现赠予邻居的一百株幼苗中，有六十株还活着，高度一到五英尺不等。

由于桦树通常生长于开阔的土地和贫瘠的土壤中，它们在一些地方被称为"熟地桦树（old-field birch）"。

我常看到一片小桦林在大片荒芜的土地上茂密地生长，仅"低调"了一到两年，就用它那鲜嫩的枝条将土地染成了粉红色。我惊讶地发现，它的主人似乎从未注意过这上帝的恩赐，反而说要重新打理一遍牧场，在休耕之前再种一莅黑麦。就这样，他砍倒了一些两岁左右的桦树苗，我的这个邻居丝毫没有察觉。他把这些树苗砍倒后，或许要等上二十年才能看到一片森林抽枝发芽了。若是让这些树苗自由成长，他便能拥有一大片漂亮的桦树林，而且到了那个时候，三分之二的桦树可随时被砍伐。

约莫一八四五年或一八四六年，我在树林里拔出一株约二点五英尺高的桦树幼苗，将它带回家，种在了院子里。十年后，它比大多数同时期栽种的桦树要大得多。如今，它的树干有□①英寸粗，高过地面一英尺。

① 手稿此处为空白。

如果风力不够，我们可能就要感谢以桦树种子为食的各种鸟儿，它们播种的数量是其消耗的数十倍。当种子最为丰富的时候，成群的白腰朱顶雀从北方飞来觅食，这也是我们冬季最常见到的鸟儿。它们栖息在桦树上，晃动并撕碎球果，然后蜂拥至下方的雪地，忙着在树林里捡种子。虽然林子里可能只有很少的白桦或甜桦，这些鸟远远地便能认出它们的树冠。当听到这些鸟儿的音符，我便环顾四周寻找桦树，常能在树顶瞧见它们。穆迪（Mudie）说："山涧小溪上方的一株垂枝桦，一只鸟儿在它那长长的垂枝上采摘柔荑花序，这样的景象真是分外赏心悦目。这些树枝通常有二十英尺长，比粗线稍粗。这个时候，偶尔能看到一些小鸟儿像钟摆锤似的晃晃悠悠，忙着觅食，但从未失去重心。"

我还见过和白腰朱顶雀非常相似的金翅雀，它们以同样的方法采食桦树种子。

不过，莫要说树上的这些球果，我们已然看到一桌丰盛的宴席在鸟儿面前铺开，盛宴将持续整个冬日，铺满乡村的每处雪地。

第九章　自在传播的桤木种子

桤木与桦树是近亲,虽然桤木种子没有翼瓣,但同桦树种子分布的方式类似。桤木种子会在整个冬天持续飘落,落在桤木下方的雪地或四周的灌木丛中,虽然比桦树种子更大更重一些,但它的边缘扁平且薄,因此可被吹送至相当远的距离。当然,由于沿着溪流或在潮湿的地方生长,桤木种子在涨水时就能漂走,所以就不那么需要翼瓣。相比之下,桦树虽然种类繁多,但主要生长于旱地且通常为干燥山丘的顶部。这也许就能解释为何生长于新英格兰北部山区的高山桤木的种子带有翼瓣,很明显这是为了种子能被传播得更远一些,从一个溪谷到达另一个溪谷并能到达更高的地方。

灰桤木
gray alder

灰桤木的种子开始先漂浮于水面，随后渐渐沉到底部。我发现，它在春天还在一直降落，四处飘散，直到冰层融化，雪水将它送到树木繁茂的岸边扎根。因此，农人们常在草地上看到破土而出、直挺挺生长的桤木。当水位较高时，它们也会漂浮到浅湾中，最终形成一簇桤木丛，由于英文中没有对应的说法，方便起见，我们同法国人一样将它称为"aulnage"。

吃桦树种子的鸟儿同样采食桤树种子。行走在冰雪封冻的河面，常能看到一群白腰朱顶雀在河边采食桤树种子，它们像吃落叶松和铁杉种子一样会将桤木种子从球果中挑出来，它们一直垂着头辛勤劳作。在它们跑来跑去捡种子的地方，常能瞧见两条蜿蜒、如锁链般的印迹平行延展开来。

我甚至见过松鼠吃桤树种子，它们就像剥松果一样剥壳，这说明这些小家伙也很有可能采食桦木种子，因为处理后者要轻松很多。

第十章　带"翅膀"的槭树种子

槭树种子是另一种通过风、水以及动物传播的种子。所有新英格兰地区的人都很熟悉红花槭那漂亮的猩红色果实，六月一日左右，在河上划桨的人可能会瞧见河面漂着的大型银白槭翼果。它约两英寸长，半英寸宽，里面包着叶脉，像绿蛾子一样，随时可结出种子。我注意到银白槭的种子约在"帝王蛾"（Attaeus cecropia）[①]破蛹而出的时节降落，清晨，我偶尔还能在河面漂浮着的众多槭树种子中看到它们的身影。至于糖槭种子，它们直到秋天第一次凛冽的霜冻

[①] 即凯克洛普斯蛾。种名 cecropia 来源于古希腊神话中创建雅典城邦的君主，他上半身为留有胡须的男性，下半身则为蛇。

银白槭
silver maple

才会成熟,一般是十月份,许多种子一直坚持到冬天才会掉落。

　　杰拉德(Gerade)早先对欧洲物种的描述在这里就显得十分充分了。描述完花朵后,他补充道:"开花以后接着长出成对吊在树上的果实,一左一右,果仁在两个果实相连处形成凸起,其他的地方又平又薄,就像羊皮纸或蚱蜢的内翅。"由于叶脉明显,它们比松子的翼瓣更像翅膀。

　　我们所有的槭树都有一层极像昆虫侧翼的薄膜,长在种子上方并包裹着种子,种子则在其间萌芽生长。其实,即便种子发育不全,这薄膜也发育得十分完好,你也许会说,与其说大自然提供了要传播的种子,不如说它提供了传播种子的方法。换言之,种子周围编织着一层漂亮的薄膜,上面有个把手,风可以抓住它,种子便随风飘动,这样种子就得以传播,物种的范围也得以扩大,其效果毫不亚于将种子装进专利局的信差口袋里传递。宇宙中就有这样一所

"专利局",其掌控者对种子传播的兴趣较之华盛顿的任何机构可是丝毫不差,无疑它们的操作也更为普遍规范。

在河的两岸或附近的沼泽,我们常可以发现银白槭,这是个尤为显著的现象。因此,这些树有时也被称为河槭。据我观察,银白槭是本地土生的植物,生长范围局限于阿萨贝特河畔、主要溪流的沿岸及康科德地区,在这些地方,银白槭是一大特色。不过在阿萨贝特河口以上的地区,方圆十英里内都找不到银白槭的影子,尽管它们在更高处的萨德伯里又出现了。毫无疑问,镇子里凡是有阿萨贝特河经过的地方,银白槭都尤为常见,或许银白槭种子就是顺水漂流而下的。包括红花槭在内的多数其他树种,若是它们也长在水边,会是一副羞涩或有些拘束的模样,紧紧撑着枝条,仿佛担忧会被水浸湿似的。但银白槭显然和黑柳一样,适合长在岸边,枝条摩挲水面,成为水面一道独特的装饰品。或许,比起风的传播作用,银白槭种子还更要感谢水呢!

于所见之处的任何一片低洼地,红花槭都自发形成了一片茂密的槭林,亦被人们称为槭林洼。它们也常散布于其他森林中,不论是高地还是低谷,虽然在高地的红花槭长势较差。约五月中旬,沼泽边缘的红花槭果实几乎就要成熟,若是光线良好且观察角度适宜,那必然是一道美丽的风景线。红花槭种子翼果的颜色分外明亮,是种常见的粉红色,悬挂于约三英寸长、颜色稍暗一些的花梗末端。这些明亮鲜艳的翼果在枝条上分布得并不均匀,在风中颤巍巍地,时常缠成一团。它们的梗部优雅地微微向上朝外拱起,以便为张开果实留有空间。就像唐棣花一样,这种漂亮的果实多半都是在光秃秃的嫩枝上,它们向前倾着,比叶子都伸得远。

六月初,堤道上散落着从远方吹来的种子,也许一个月后,我就能惊讶地看到,河边茂密的小槭林已经有一英寸高或者更高一些了,它们是同一年从沙土中的种子里冒出来的,它们曾漂流至此,得到了必要的水分供给。不论是在沙质还是泥质的水边,或是在有漩涡的河湾岸边,它们就这样长了起来。

如果在仲夏时节仔细观察一片茂密的红花槭沼泽,你常会发现许多类似的小槭树，不过它们只出现在环境最适宜的地方，比如长有泥炭藓的地方，这里既是种子的藏身之所，也能为种子提供必要的水分。这棵小树已经深深地扎根了，而现在无用的种子和它半道就变得无用的孱弱翼瓣空空如也地躺在附近，不再依附植物，仿佛同这一切完全无关似的——就这样，它如此迅速地履行了使命。

去年九月，我发现土豆田里长出了不少小红花槭，显然这是去年最后一次耕种后长出来的。它们从这附近唯一的一棵小树开始，向西北方向延伸了足足十一杆远，随着种子被风传播，渐渐占据了一方或椭圆或锥形的空间，很明显，这要归功于去年已被耕作的土地，种子才能于此萌芽。在很多年以前，这儿还是一片牧场，没人相信会有槭树种子落在上面。显然，这片土地若干年间被用作草场，尽管附近有槭树，但从未有种子被"俘获"至此。不过最终，人们还是耕作了土地，于是这一年落于地上的种子生根发芽了，如果碰巧这里未被再

糖槭
sugar maple

次耕作，也不允许牛踏入，这样你可能就能拥有一片槭树林了。这种情况同样适用于其他一些轻种子树木（light-seeded trees）。

糖槭，虽然被称为美国最常见的树种，但我发现在这个镇上只有一处地方有本土生长的糖槭。它主要生长在高地（山丘）。由于糖槭结籽较晚，所以我怀疑它们的传播可能在一定程度上得到了雪的帮助。

第十一章　鸟儿们的槭树种子佳肴

动物们也可能与槭树种子的运输有关。劳登建议，为了避免鼹鼠吞食种子，最好在春天而不是秋天播种。

一八五八年五月十三日，我乘坐小船，小船停靠在康科德小镇阿萨贝特河口上方一个平静无波、阳光照耀的港湾，我看见一只红松鼠偷偷摸摸地爬上一株红花槭，仿佛在寻找鸟窝，尽管这还不是掏鸟窝的时节，我想看看它在做些什么。它蹑手蹑脚地从下方弯垂的细枝爬了出来，接着探出颈部，咬下成簇的果实，有时用爪子把它们扳弯到够得着的地方，然后又往后退一些，蹲坐在树枝上，贪婪地品尝那些半熟的翼果。对红松鼠来说，这些种子仿佛一颗颗香甜甘美的果实，它用爪子利落地将它们塞到嘴里，一串接着一串，小家伙一边采摘一边品尝，不少种子落在了地上，这场宴席如果算不上奢华也堪称十分丰盛了，瞧，它的四周满是红彤彤的翼果。当我朝太阳的方向看去时，红翼果在阳光的映射下显得分外耀眼、闪闪发光，如同仙果一般。这着实是个令人振奋的景象，我想，小家伙面前拥有的是多么丰盛美味的食物。最后，一阵风突然猛烈地吹来，晃动了红松鼠坐的树枝，它便迅速地向下跑了十几英尺。

这在一定程度上解释了槭树种子落下后迅速消失的原因。仲夏时节，穿过一片巨大的槭树沼泽地，你会惊讶地发现六周前还是红彤彤、种子如阵雨般散落的槭树林，仅剩数量有限的槭树种子躺在那里，有的种子或许还空空如也。

你一般也很难看到茂密的小槭树林生长起来,不过也有少数例外,这是因为种子掉到了苔藓和落叶的缝隙里,因此逃过了被吃掉的命运。

第十二章　最早结籽的榆树

至少到五月十日,结有翼果的榆树渐渐长得枝繁叶茂,在叶蕾尚未打开之前,如同被小啤酒花覆盖一般。一两天后,特别是在晚上下雨之后,你常会看到躺于地面或纷纷下落的种子。它们不仅散落在街道和水坑,还飘落在河面,聚成片片浮萍沿河流漂远,漫过草地,在岸边生根,因此在溪流两岸总能发现这些树的身影。这一定是本地乔木和灌木中最早结籽的树了。

所有园丁都知道,园子四周没有幼树生长可是一件麻烦事。种子靠着篱笆生长,要是在一处荒芜的园子,大量的榆树便以这种方式破土而出,立于房子面前。即便这样的种子也是鸟儿寻找的目标,也因此得以传播。一百多年前,

玫胸白斑翅雀
rose-breasted grosbeak

卡姆[①]在游经此地的旅行日志中写道，当他靠近拉普兰湖时，一位同伴射杀了一群鸽子，"也给了我们一些，我们发现了大量榆树种子，这显然是老天爷以提供食物的方式对它们的特殊关照。到了五月，盛产的红花槭种子已经成熟并从树上落下，这段时间，种子被鸽子吃掉；随后，榆树种子成熟，又成为鸽子的食物，接着还有其他种子为它们成熟。"然而，据我观察，榆树种子比红花槭种子成熟得早。我还发现玫胸白斑翅雀也以榆树种子为食。

① 佩尔·卡姆（Pehr Kalm，1716—1779），瑞典探险家、植物学家，也是卡尔·林奈最重要的门徒之一。

第十三章 水边生长的梣树

据说，白梣的刀状种子会保留整个冬天，它们传播的方式同榆树和槭树类似，种子在某个角落或篱笆边被俘获并得到保护，破

美国白梣
white ash

黑梣
black ash

土而出；此外，它们也会随河流漂流而去，在河岸附近的地方生长开来。

黑桦则性喜水，水在其种子传播中的作用十分显著。

我经常看到，小丛的槭树、榆树、桦树，以及各种各样的灌木丛生长在水草地中间，围绕一块岩石蔓延生长，石块早已被葱郁的树叶遮掩覆盖；或者有时候，在较为坚实的岸边，两三棵榆树紧靠着一块光秃秃的岩石，岩石在春天的水面上昂首而立，仿佛在保护着榆树让它不至于被水冲走——见此，我脑海中的第一个念头是这石头是如何漂到树木中间的。事实上，榆树在此扎根生长并能存续繁衍都得益于这块石头，它先是留住了漂流的种子，接着保护幼苗，现在则是守卫榆树赖以生存的土壤。

因此，很久以前落在草地上的一块大石，最终造就了一片树丛，并藏匿在它曾造就的树木之间。

第十四章　风中飞扬的柳絮

到了初夏五、六月的时节，天空飘满了杨柳树毛茸茸的种子，并在水面形成一层厚厚的浮渣。杨树的不孕花（barren flowers）和孕性花（fertile flowers）多半长在不同的植株上。那些长于我们堤道上的外来白柳碰巧多半为不育株。当白柳果荚成熟爆开时，若是看见一片灰白色，你便能远远地分辨出那些可育株。据说，不育垂柳从未被引入美国，我们只有这种树的一半，因此未能形成完美的种子。此外，那些常见于河边的本土柳树，我只能看到两性中的一种，我们这的吉莱得杨（balm of Gilead）[①]多数为可育株。

---

① 学名 *Populus x gileadensis*，是香脂杨（*Populus balsamifera*）和美洲黑杨（*Populus deltoides*）的杂交种。

垂柳
weeping willow

白柳
white willow

一般来说，柳树孕性花的柳絮约一英寸长，形似绿色的毛毛虫，在黄色的不孕花凋落或枯萎后开始迅速生长。一颗柳絮包含二十五到一百颗果实，这些果实略呈卵形又形似鸟喙，每个果荚里都紧紧地装满了柳棉絮，包裹着无数颗肉眼难以辨别的微小种子。待它们成熟，果荚便张开它的"喙"，开裂的两半各向后弯曲，释放出像马利筋一样毛茸茸的种子。除去大小，它看起来就像是上百个马利筋果实围绕排列于柱体的一端。

柳树种子比桦树种子更小更轻——据我测量，它仅是一颗长约十六分之一英寸，而宽仅为长度的四分之一的微粒，它的底部包围着一簇棉絮般的绒毛，这些绒毛约四分之一英寸长，不规则地分布在种子四周和它的上方。这些绒毛使柳树种子成为最容易漂浮的树木种子，只需稍许微风，它就能被吹送到更远的地方。即便在室内的无风状态下，柳树种子下落得极缓，却能在炉子上方的

猫柳
American pussy willow

颤杨
quaking aspen

热气里迅速上升。它像游丝般漂浮，蜿蜒前进。种子像蜘蛛似的被包覆在蛛网似的绒毛之中，很难瞧见它的身影。需要一部最精巧的轧棉机，才能把这些种子和绒毛分开。

到了五月十三日，本地柳树中最早开花的猫柳（*Salix discolor*）在温暖的草地边缘伸展出一两英尺长的绿色嫩枝，上头长满三英寸长、如同毛毛虫弯曲的柔荑花序。和榆树种子类似，它们在叶子出现之前在树上形成一片醒目的绿。不过，现在有些果实已经迸裂、露出绒毛，使得猫柳在本地的乔木和灌木之中，是紧接榆树之后开始散播种子的树。

三四天后，位于林间和其边缘干燥洼地的甸生柳（*Salix humilis*）及生长在干燥林间高地的本地最小的淡灰柳（*Salix tristis*）都开始吐露绒毛。后者的细枝很快就会覆满柳絮，如同灰白的棍杖，包含着粒粒如毛虫粪便般的小种子。

约在同时，早熟的颤杨（Populus tremuloides）也开始吐露绒毛，晚些则是大齿杨（Populus grandidentata）。这些果实形状奇异，长得很大，而后又会转为明黄色，看起来像是颗分外漂亮的成熟水果。

六月上旬，堤道和草地上方飘落有不同种类的柳树绒毛和种子。

一八六〇年六月九日，我们碰上六次夏日骤雨，西边和东北边突然飘来乌云，还有一些雷雨和大冰雹。一场午后阵雨停息后，站在磨坊水坝上，我看见约有屋顶高的半空中飘浮着某种绒毛，我起初以为是来自某个房间的羽毛或棉絮。绒毛像一群蜉蝣或大团白色的、飞舞着的轻尘般起起落落，间或落到地面。后来，我又以为那是一只只轻盈易飘的昆虫。那些绒毛受到建筑之间或之上的微弱气流的驱动，沿着街道飘飞，在潮湿的空气中和西半边灰暗云朵的映衬下，显得分外显眼。店主们站在自家门口，好奇它是什么。其实，这是白色的柳絮绒毛，大雨将它们释放出来，紧接而来的微风则使它们飞离，一同带走它中间裹着的微小的黑色种子。

土地刚变得湿润，这是播种的最佳时机。我在一棵约二十杆远的大柳树上找到了柳絮的源头，大柳树距那条街有十二杆远，就在打铁铺后方。

上述就是柳树播种的方式，这些毛茸茸的细小微粒擦过你的脸颊时，你或许未能察觉，不过它们却可能长成直径五英尺的大树。

一周后的六月十五日，在康科德河上，我看到下风处的河岸被染成了白色，那里有处港湾，坐落在黑柳和风箱树丛之间。这片白色分外耀眼，延伸了两三杆远的距离，这不由让我想起从海边的沉船冲来的白色破布，也让我想到羽毛。靠近一看，我发现那是白柳的柳絮，柳絮一如往常裹着小小的种子，被风吹聚在一处，如同水边浓密的白色泡沫，这片白色一两英尺宽，如羊毛或垫子般覆于水面，也像泡沫似的在外缘堆高或隆起。我未曾想过这会是柳絮绒毛，因为白柳并不沿河生长，而现在也不是这一带黑柳吐絮的时节。此时吹着西南风，那么这些柳絮就来自西南方二十杆外某条堤道上的一些白柳，它们先被风吹着越过了十五杆远的陆地，然后来到此处。毛絮是柳树和杨树最为人熟知的特征。不过，吉莱得杨最为人诟病的一点便是，一到吐絮的季节，它的绒毛便会布满整个院子。一种目前并未长在康科德的光叶杨（*Populus laevigatus*）甚至被称为棉白杨。

第十五章　不毛之地的拓荒者

普林尼认为柳树在种子成熟之前便会丢掉它的种子，使其变成一个蜘蛛网，即"*in araneam abit*"。古希腊诗人荷马曾在《奥德赛》中对柳树进行描写，普林尼和一些评论家将其解释为"失去果实的"，而另一些人则将其称为"不孕的"。女神喀耳刻在指引尤利西斯前往冥界时说：

> 不久，你将到达旧海尽头，
> 倾斜的海岸在那儿沉降入海；
> 女神普罗赛庇涅那黑树林里的不孕树，
> 便是那杨柳在洪水中颤抖。

由此，我推断，荷马笔下的冥河岸必然同萨斯喀彻温河和阿西尼博因河等美国西北部许多草原河流具有几乎完全相同的图景。诗人借由天界最偏僻荒芜之地勾勒冥界的模样。曾走过美国广袤西北大草原的探险家们，不论是麦肯锡还是新德，都提到过一种十分普遍的树，它们就是多长于河谷、近河处的小山杨和柳树。一些人认为，若非印第安人每年焚烧大草原，这里或许还能长出更高贵的树。

我常注意到，在缅因州的荒野，甚至在这附近，杨树在被焚烧的土地上生

美洲河狸
North American beaver

长得十分迅速。值得注意的是,正是那些种子最小最轻的树,它们的种子得以更广泛地传播,可谓是树中先锋,在更北部和更贫瘠的地区尤其如此。它们小小的种子飘浮起来,飘过大气层,迅速地覆盖了整个英属美洲和我们北部荒野的烧荒地带,为河狸和野兔提供了食物和庇护之所;水流也协助运输它们。而种子较大、较重的树,虽然走在杨树铺好的道路上,却传播得比较慢。

没有一种土壤如此干燥多沙,或是如此潮湿,又抑或处于太高或极冷的地方,然而,它却是某种柳树种特有的栖息地。一八五七年七月,我来到白山山脉,看到它的高山区域有好几大片地方被那矮小的熊果柳(*Salix uva-ursi*)柳絮染成了灰白。这是一种茂密丛生的蔓生灌木,踏上去如同覆上苔藓一般。它的种子以难以抑制的弹力与浮力迸发,将它的同类传遍白山山脉的座座山峰。这里生长的另一种柳树——矮柳(*Salix herbacea*)虽不是灌木中最矮的,但也是柳树中最矮的种群,据说它同北极柳(*Salix arctica*)一样是分布最北的木本作物。

虽然并不经常看到这些种子飘过空中,不过通过巧妙的测试就几乎可在任何地方发现它们。如果你清空我们林间的任何一块土地,不论土壤砂质如何,

北极柳
Arctic willow

不论是否有铁路经过,或者霜冻如何阻抑树木生长,没有哪种灌木或乔木能像柳树(匍生柳或淡灰柳)和杨树那样可在那里落地生长。

第十六章　享受沙堤温暖与庇护的柳树

同马利筋种子一样,杨树种子也多在风渐平息处的低洼地落地。或许,这些种子之所以能在那里落脚,主要是因为这些结霜之地很难被耐寒性较差的植物占据。这一带有很多类似长有杨树的低地山谷。

在任一片开阔的草地筑一条堤道，如果人类不加干涉，其两侧很快就会冒出一整排柳树（更不要说桤木等其他类似的植物），即便先前从未有人在此种过柳树，也未曾引进过此类树种。由此，人类学会了借由种植最高大的柳树以防洪固堤。

本地的铁路约于一八四四年建成，当时有一片开阔空旷且多半为草地的土地，位于村子西端南侧，在村庄和树林之间。这里未曾有什么明显的灌木生长。铁路堤道穿越这里，它是一座高度超过十五英尺的沙堤，南北走向并同河流直角相交。大约十年后，我因这样的事实而感到震惊：一排排连绵蜿蜒的天然柳篱已经形成，特别是在堤基东侧，那边有道柳篱始于距河约半英里处，并延伸半英里直至树林，如同铁路或栅栏般笔直。

其实，那座柳篱就像一座天然的柳树"大观园"，包含八种柳树树种，极大地方便了我的研究。这些树种约为我在康科德所见种类的两倍，它们包括喙柳（Salix rostrata）、匐生柳、猫柳、白柳（Salix alba）、托里柳（Salix torreyana）、绢毛柳（Salix sericea）、沼泽柳（Salix pedicellaris）及光泽柳（Salix lucida），其中只有白柳非本地土产。你或许想过，这些种子或细枝是修建堤道时从附近林子的深谷由沙子一同裹挟而来。然而，这些树中至多仅有前三种长在那里，后四种则要到半英里以北、村子另一端的河边草地才能看见。的确，一般来说，在康科德镇，这些柳树通常也只分布在河边和毗邻草地一带。若是我在远离河边草地的地方发现后两种柳树，我定会大为惊叹，因为它们在本地的分布十分有限。据我所知，白柳是唯一一种曾长在堤道附近的柳树。

于是，我明白了这些柳树中至少一半的种子——或许另一半的大部分也是如此——从远方吹送至此，被沙堤拦下，在沙堤底部落脚，像飘雪般渐渐积聚。在它们之中，我发现有几棵桦树，它们源自十杆以东草地上的那棵桦树，而其他地方并未有它的同类生长。这里还有一些桤木、榆树、桦树、杨树和某种接骨木。因此，如果条件适宜，你大可期待一番柳树家族们在此扎根生长，因为在那附近，总有大量的柳树种子飘浮在空中。

多年来，一棵柳树很难有机会在开阔的草地扎根，然而，搭建一道屏障穿越其中，沿途很快就会长满柳树，因为这道屏障既能积聚种子，亦能守卫柳树免受人类或其他敌人的侵扰。柳树仅沿着屏障的基部生长，就像沿着河岸一样。沙堤之于柳树，就如同水滨河岸，而草地则是湖泊。在这里，它们享受着沙子的温暖与庇护，而它们的根则沉浸在草地的湿润之中。如果我们考虑这些柳树和杂草的来源，可以说，它们是以落雪积聚的方式飘落至此，背靠屏障与山坡，在那里获得成长的鼓励与守护。

这些柳树是多么急切、多么繁茂、多么早熟。它们的拉丁学名为 *Salix*，有人将其溯源至 "*salire*" 一词，即"跳跃"之意。的确，它们成长得如此迅速，

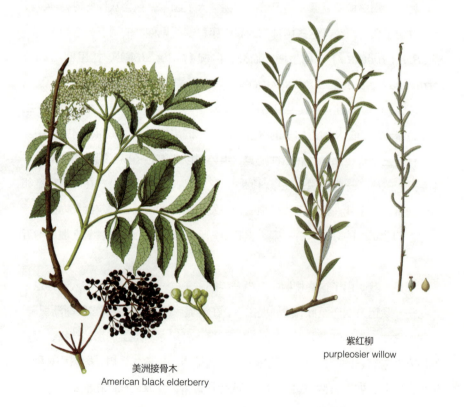

美洲接骨木
American black elderberry

紫红柳
purpleosier willow

如此活跃。这些柳树在两年内才能抽出两条幼枝，抽出幼枝后树上就立刻绽出银白的花絮，金色的花朵和毛茸茸的种子也紧随其后，以惊人的速度传播。因此，它们繁衍不息并积聚一处，即便是经常侵入干扰树木领地的铁路，它们也能巧妙地加以利用。

不过，虽然每年有无数柳絮浮于空中、飘至林间或草地的每个角落，但显然仅有百万分之一的种子最终长成灌木或乔木。然而，这已足够，自然的目的已得到满足。许多白柳沿本地的堤道生长，但少有白柳能在别处自然萌发并占据领地，我想这些柳树多半源自偶然掉落的树枝而非种子。就连少数和黑柳一同长在溪边的白柳也可能来自堤道旁吹送至此的枝条。最古老且硕大的白柳树伫立于房子四周，如果我们相信古老的传说，那么它们都有共同的历史，讲述着同样的故事。一位老胖爹坐在院子里回忆儿时岁月，当年他在院子里玩马，将一根柳树条插在地上后便忘了这回事，谁想柳枝已长成大树，过往的游客无不欣羡。当然，柳树都这般茁壮也不合适，若是每颗白柳种子都长成这样的大树，那么几年内，整个星球都会变成柳树林，而这并非自然的本意。

另一种外来树种——紫红柳(*Salix purpurea*)几年前偶然进入这个小镇，起初它只是一根用来捆绑树枝的藤条，后来一位好奇的园丁将它插在地里，如今它已有了后代。

第十七章　百折不挠的黑柳

约莫六月中旬，沿河岸生长的黑柳开始发芽，柳絮开始飘落至水面，就这样持续一月有余。六月的最后一周，柳絮在黑柳树上显得尤为亮眼，呈现一幅白绿相间的斑驳图景，看起来分外有趣。与此同时，水面也漂满了柳絮。

六月七日，我将一些黑柳种子放在窗边的平底酒杯，不到两天便发芽了，长出一些圆圆的小绿叶。鉴于植物学家们常困扰如何让柳树种子发芽这一大难题，我不禁对此感到既惊喜又好奇。

我想我明白了黑柳是如何繁殖的。它微小的褐色种子在绒毛的包裹中隐约可见，并随之飘至水面，六月二十五日左右是种子最丰富的时候，这些种子漂浮汇聚，并同其他物质一起共同形成了一层厚厚的白色浮渣，在溪流一侧的桤木或低垂的灌木丛旁等水流较小的地方尤为明显。浮渣通常为窄窄的新月状，约有十或十五英尺长，与河岸形成直角，月弯朝下。它们浓厚洁白，不禁让我想到白霜。在那里，两三天内就有很多种子发芽，并在白色之中冒出它们那两瓣圆圆的小绿叶。白色浮渣的表面染有些许绿色，就像在浮着棉花的水杯里撒上草籽。许多种子漂浮至河畔的风箱树、柳树、莎草或其他灌木之间，或许就在它们吐露发芽之时，水位下降了，它们就这样轻轻地落在树荫底下刚露出的淤泥里，许多种子也许就这样有机会长成大树。但是，如果种子掉落的水面不够浅或者种子未能适时地落在淤泥里，它们可能就会因此消失。我在很多这样的地方见过点缀着绿色种子的淤泥，也许很多时候，这些种子是由空气直接吹送到此的。

北美风箱树
common buttonbush

即便这种方法不能成功，它们还有其他法子。比如，就像我们河边其他一些物种那样，凭借其得天独厚的优势，只消轻轻一碰，黑柳脆弱的枝条底部就能掉落，就像被直接砍断一样。黑柳枝条的基部以上十分坚韧，可绞成强韧的绳索用以泊船，这也是一些国家柳树枝条的常见用途。不过，这些枝条只能以底部断裂的方式散落，像种子般漂浮而去，最终在其停靠的第一处河岸落地生根。

某年六月，在阿萨贝特河的沙质河岸，我看到一团湿湿的东西，混杂着细屑、树叶和沙子。一株小小的黑柳匍匐在地，刚刚开花。我将它拔起，发现那是一根约十六英寸长的柳条，三分之二埋于一片湿漉漉的东西里。这柳条也许是被冰雪折断，然后又顺流而下，被冲上岸并被掩埋于此。就像园艺中的压条枝法那样，现在它掩埋着的三分之二已长出许多一两英寸长的幼根，地面之上的部分也已吐露花序和绿叶。这样，你就拥有了一棵树，它高高地伫立在岸边，随风摇曳，它的生命力如此旺盛，不放过任何机会于岸边播种繁衍，将其折断剥落的冰块只能让它传播得更远。

由于黑柳低垂伸展，甚至依偎着水面，所以每当把船驶入黑柳丛中，船上总是散落着柳枝。从前，我曾无知地感叹这树的艰辛命运，它生得脆弱，却不能像芦苇般柔韧弯曲。然而，如今我钦佩它的坚强。我很乐意将我的竖琴挂在这样一株柳树上，仿佛如此便能汲取灵感。坐在康科德河边，我几乎要因这发现喜极而泣。

柳树啊，柳树，
愿我总能拥有你那般的好精神，
愿我的生命同你一样顽强，
像柔韧的你般，
迅速克服伤痛！

① 原文是The willow worn by forlorn paramour!

我不明白人们为何将柳树视作绝望之爱的象征，谁又在说："柔柳依依情人泪！"①

毋宁说，柳树是胜利之爱与同情的象征。它可能会枯萎，也会蜷曲，但从不哭泣。垂柳在此也开得一样有生气，即便它的另一半（雄株）从未来过新大陆。柳树凋零并非为纪念大卫的眼泪，而是为了提醒我们，当年在幼发拉底河，它如何从亚历山大头上摘走皇冠。

难怪古时，柳木被用来制造圆盾，这是因为同整棵柳树一样，柳木圆盾不仅柔软易曲且分外坚硬有韧性，初次受击时不会裂开，而是会立即愈合伤口，防止其进一步扩大。柳树的命运通常是每隔两三年便被砍断，但它既未消亡也不哭泣，而是迸发出更具生气与活力的新叶，而且活得同大多数树种一样长久。富勒（Fuller）在其《英格兰名人传》（Worthies）中如是写道："柳木喜湿且遍布伊利岛，其根可固堤，枝可生火，且长势尤速，此国有言曰：植柳获利颇丰，可为其主市马，而余木仅能置一鞍而已。"

希罗多德说，斯基泰人借助柳杖占卜，不过他们又能去哪里找到更合适的占卜枝呢？初见柳枝，我自己都想做占卜家了呢。

不论是十二月初干燥洼地的莎草丛，还是隆冬时节的积雪旁，每当我途经瞧见有柳树枝从中冒出，即便是最细弱的一根，我的精神都会为之一振，如同在荒漠中望见了绿洲。柳树的学名 *salix* 由凯尔特语的 *sal*（近）及 *lis*（水）组成，这暗示了某种天然汁液或生命源泉在流淌。它还是从未失灵的占卜杖，总是扎根于水源处。

哎，柳树绝非自尽之树，它从不绝望。难道自然会缺少供其化为汁液的水汽？它是年轻、欢乐与生命持久的象征。何处可见柳树失意的冬天？它的生长极少受季节束缚，它那银白的柳絮在一月最暖的日子里开始吐露。

杨树也不像有些人所说，是法厄同（Phaeton）①哭哭啼啼的姐妹，因为没什么比看到太阳战车的出现更使其欢欣，而它们也丝毫不为哪位驾驭者感到悲痛。

比起描述柳树种子如何传播，讲述它为何不能传播或许要容易一些。除了一些用柳树种子绒毛来铺巢的鸟儿，我还未听过有哪些动物可以传播柳树的种子。贾汀（Jardine）在致威尔逊的一封信中写道，他常在不列颠北部的年轻冷杉林里发现白腰朱顶雀在季末筑的鸟巢，"它们总是铺有柳树的毛絮。"对金翅雀来说，它们的小窝也许同样如此。穆迪说，红额金翅雀有时会在巢里衬上柳条。威尔逊则说紫朱雀以杨树的种子为食。

说到悬铃木，据米肖（Michaux）的说法，它是这一纬度最大的落叶木。它的种子虽比桦树和柳树的种子大得多，但要比多数园艺植物的种子小。每颗悬铃木球果直径约有八分之七英寸，包含

① 在古希腊神话中一般认为法厄同是太阳神赫利俄斯的儿子。

一球悬铃木
American sycamore

红额金翅雀
European goldfinch

圃拟鹂
orchard oriole

三四百个长约四分之一英寸的棒状种子,这些种子尖端朝下,像大头针般紧密地插在一个球形针垫中;种子的底部围有一圈黄褐色的硬毛,适合做"降落伞"。这些球果悬垂于高大树木上一根根长而坚硬的果柄末端,每当树冠上方新长了一些小球,若是碰到冬春时节的暴风雨,便会猛烈摇晃并渐渐崩解,种子也许就会因这强风雨雪而释放。在这种情况下,种子虽然没有明显四处飘浮,但仍有可能被吹送很长一段距离。我曾发现,距离母树十杆、二十杆远的地方,仍有它轻快播撒种子的足迹。我还读道:"在冲积地带或大草原,杨树和悬铃木占据了内陆林地的很大一部分。"威尔逊说,圃拟鹂常用悬铃木的绒毛或羊毛铺衬小窝,冬天,紫朱雀还会以它的种子为食。吉罗(Giraud)也说,紫朱雀似乎很享受这些美味的种子。

第十八章　起点渺小的柏树

它的起点如此渺小,仅如尘粒般大小,参天巨木却由此而起,正如普林尼在谈到柏树时所说,"较之树的种子,小麦和大麦的种子要大得多,更不要说豆类了,一棵树的起源竟如此微小,这是一个令人惊叹且不应被忽略的事实。"他补充道,蚂蚁们非常喜欢它的小种子,他不由对这一事实好奇,"如此微小的昆虫竟能摧毁一棵千丈高树的第一个胚芽。"

伊夫林(Evelyn)似乎受到了普林尼的启发,他这样写道:

> 凡人中哪有完美的剖析者,愿意剖析研究这飘逸种子的千分之一,它微不可辨的雏芽和弱的生灵,竟能孕育出这般高耸巨大的树木。正如我们所看到的一些榆树、悬铃木和柏树,它们有的坚硬如铁,固如云石,最初却都被包裹于如此微小的空间,没有一丝混乱、脱节或无序,其生长环境是这样脆弱。起初,它们不过是某种柔软的黏液,或者更确切地说,是种腐朽的物质,但当掩埋于大地温润的孕育处,它们竟能轻易地溶解、腐化那些要硬得多的物质。而这种子,虽然柔弱有弹性,却能推开并扯碎整块岩石,有时更以超越铁楔的力量将其劈开,乃至移动山脉。因此,没有力量能压制胜利的棕榈树;我们的树虽种于腐朽,却能于荣耀中渐起,直至成长为一棵坚硬挺拔的参天大树,如坚固的巨塔。不久前,小蚂蚁们还能轻松地扛起这些种子,将它们搬回小巢,如今它们已能抵抗狂风骤雨。

普林尼和伊夫林又将怎样描述世界第八大奇迹——加利福尼亚州巨杉呢?它萌发于那样微小的一粒种子(它的球果据说形似北美乔松球果,但长度只有二英寸半),其生命力却比世界众多王国还持久。

如果我们假设地球萌发于一粒种子,要是按柳树种子之于柳树大小的比例来估算,那么这种子也不过是一个直径不超过两英里半的球体,仅占这座城镇表面的十分之一。

巨杉
giant sequoia

第十九章　种子的另一双翅膀

　　当然，我们没有必要假定上述提及的这些树木为"无"中生有，它们结有大量的种子，且生来就拥有便于种子传播的翼瓣或绒毛。同时我清楚，树木源于种子的看法并非我独创，尽管树木凭借大自然传播种子的方式鲜少得到关注。欧洲多数树木或其对应的物种普遍由种子培育而来，在我们这里也开始落脚生根了。这里树木如此之多，得益于这些带翼瓣的轻盈种子。

　　至于那些没有翼瓣、较为沉重的种子和坚果，人们仍然普遍认为当结有这类种子的树木在之前从未有过此类物种的土地上萌芽，那么它们必定源于某种不同寻常的方式产生的种子或成分。或许，种子在土壤里沉睡了百年，又或许，它们被某次灼烧的热量唤醒。我不相信这些假设，基于我的观察，我将提出一些这些森林如何被种植和培育的方式。

　　我发现，每粒种子也许会以另一种方式拥有翅膀或脚。不同种类的樱桃树广为分布当然并非奇妙之事，众所周知，它们的果实是鸟儿们的最爱。许多种类的樱桃树都被称为"鸟樱（bird-cherry）"，鸟儿也会"光临"很多其他没有这种称号的樱桃树种。采食樱桃是鸟儿的看家本领，除非我们人类也能不时地像它们般传播种子，不然我有理由相信，鸟儿才最有资格采食樱桃。

　　看，为了驱策鸟儿运送种子，樱桃种子在果实里的位置多么奇妙——它就位于诱人的果肉的正中心，小家伙在吞食时会顺便将果核纳入嘴中。如果你曾一口吃下一颗樱桃，你定会发现，就在这小口美食的正中央，一块大而粗糙的东西将残留于舌面。就这样，我们不断地将这豌豆大小的樱桃果核送入嘴中，一次甚至十几颗，这是因为自然若要筹划实现某个目的，总能说服我们去做任何事。匆忙之际，野蛮人和孩童会近乎本能地吞下果核，就像鸟儿般，以此作为去掉它们的最快方式。其实，只有王子才有余力和闲情将樱桃甜点的果核去除，从而使他们的生活更加奢华，也许他们想要为此赎罪，于是不时种下一棵树并大肆宣扬。

因此，尽管这些种子没有长出翅膀，大自然却驱使鸫鸟一族将其收入喙中，一同飞行。另一种意义上，这些种子也拥有了翅膀，并比松树种子的翅膀更有效，因为借着鸟儿，种子还能逆风飞翔。于是，樱桃树遍布各地。同样的道理也适用于其他很多种子。

如果种子长于树叶或树根处，那么它就不会被这样运走了。

第二十章 樱桃——鸟儿的最爱

我常在林间的鸟巢发现遗留的樱桃果核，樱桃树距鸟巢很远（果园里鸟巢更多）；春天，俯身去饮清泉之时，我在水底再次看到了樱桃种子，必定是同我一样来此饮水的鸟儿将种子投放至此的，泉水离最近的樱桃树约半英里远，就这样，樱桃树被四处种植。简言之，鸟儿们总是忙于播撒樱桃种子这一事实显而易见，因此你若想截获些樱桃品尝可不是一件容易的事。不过，值得注意的是，鸟儿并不一定总是带走果核。

一位邻居曾告诉我，直到采食完所有嫁接种的、甚至是附近最小的野黑樱桃，鸟儿才会采食他那次等的欧洲甜樱桃，但最后，这些家伙也会把欧洲甜樱桃剥个精光。

于是，像野黑樱桃一样，栽培种的樱桃树也分布各地，四处冒出，不论是在萌芽林地还是被清空树木的空地。不过，由于森林和耕作会破坏它们，因此只有在萌芽林地或篱笆边它们才能长到引人注目的大小。这个树种似乎更喜欢山顶，大概是因为鸟儿更容易在那儿搬运种子，或是在山顶有更适宜的日照、方位和土壤。

在瓦尔登湖畔的山顶森林，有十二到十五棵分外漂亮的英国小樱桃树，十几年前就被砍掉了，我还记得在森林里的良港山上有很多大一些的樱桃树。去

野黑樱
wild black cherry

年秋天，我从湖旁的山顶树林里挖了三棵并把它们栽到花园里，它们长得很漂亮，比我在上次参观的苗圃里发现的任何一棵长得都要快，生长势头旺盛，不过根部较大，不适合移植。

　　借着相同的方式，黑樱桃树得到了更为广泛的传播，是萌芽林地中十分常见的树丛。鸟儿将它的种子大量地运到森林深处，当有树木被砍，黑樱桃树便是最先破土且最为常见的树丛。然而，它们也会很快在那里死去，因为我在林子里很少看到高大的黑樱桃树。你只需在你的房子一侧或田地边缘栽种一棵，果实成熟时，便能看到成群的鸟儿——如雪松太平鸟、王霸鹟和旅鸫每日长途奔波，往返于此。

　　一七八五年，马纳什·卡特勒（Manasseh Cutler）博士在谈到白山上的北方野生红樱桃（本镇相对稀少的一种树）时说："这片土地从未有过此类樱桃树，过去的树林主要由云杉、松树、山毛榉和尤为高大的桦树组成，在它们被砍倒并被焚烧后，第二年夏天，就长出了大量的樱桃树。"

米肖也提到了同样的事实，他说："这种樱桃树与纸皮桦有着同样的显著特性，即在这些情况下它们能自发繁衍。"

在缅因州，我曾注意到伐木工人营地或运木材区都长有茂密的樱桃树丛，这里小片土地被清空，还有孤独的旅人在此扎营过夜。樱桃树就像悬钩子和草莓一样，一经人类召唤便热切地出现，因为它们和人类一样热爱阳光与空气。乔治·爱默生（George B. Emerson）在其《关于马萨诸塞州树木和灌木的报告》（Report on the Trees and Shrubs of the State）中写道，在攀登缅因州和新罕布什尔州的荒山时，"多次在当地行人最常走的溪流河床发现数量惊人的樱桃果核，尽管附近很大范围内并无该类树木。"这些果核也许是被急流冲刷而来，或被鸟兽遗留至此。然而，若是知道鸟儿是如何规律且广泛地传播种子的，在这种环境下冒出的茂密树丛也就不足为奇了。

无论是野生的还是人工栽培的樱桃树，也许没有哪种树的果实比它的更常受到鸟儿的追捧，尽管一些野生樱桃远不符合我们的口味。这些鸟儿中的很大一部分都可能把种子带到森林深处，正如我从鸟类学和我自己的观察中学到的，最常见的食樱桃鸟有旅鸫、雪松太平鸟、灰嘲鸫、褐弯嘴嘲鸫、王霸鹟、冠蓝鸦、北扑翅䴕、红头啄木鸟、东蓝鸲和主红雀。

古人发现了鸟类播种的普遍性之后，推断鸟类是其播种过程中不可缺少的媒介。伊夫林在谈到冬青树（该树是制造黏鸟胶的原料）的种子时说："传说那些种子要先通过鸫鸟的嗉囊才会发芽，因此有这样一句拉丁谚语：*Turdus exitium suum cacat*。"①

如果你想研究鸟类的习性，就去它们的食物所在地；例如，如果是九月一日，就去野生的黑樱桃树、接骨木、垂序商陆和花楸树丛。除了正在枯萎的黑果越橘，野黑樱桃树和接骨木的果实就是

① 意即未经过槲鸫嗉囊的栎树种子不会发芽。

1 棕腹长尾霸鹟
　Say's phoebe

2 剪尾王霸鹟
　scissor-tailed flycatcher

3 西王霸鹟
　western kingbird

此时本镇上最常见的两种野生果。

　　一八五九年的今天，我在林肯森林深处的一处萌芽林地散步时，遇到一棵长满果实的小黑樱桃树。我摘了一些樱桃果并在那儿看到了久违的雪松太平鸟，它们的歌声尖细又动听，当然还有这季节少见的旅鸫。确实，我还曾和同伴们感叹：能见到这些鸟儿、听到它们的声音实属不易。我们坐在这棵树附近的一块岩石上，听着这些不寻常的声音，不时有一两只鸟儿从天上一飞而下冲向树梢，看到我们在树旁，又突然转向，似乎有些扫兴地落在一旁的枝丫直到我们离开。

　　雪松太平鸟和旅鸫似乎知道镇上任一棵野黑樱桃树的所在地，你现在一定

黑果越橘
common bilberry

能在这些树上找到它们,就像在蓟上找到蜜蜂和蝴蝶一样。如果我们待久了,它们就会突然飞往另一棵它们知道而我们不认识的樱桃树上。附近的一棵野黑樱桃树上结满了果实,因这鸟语花香,春天又近了一些。

最后,我们继续在寂静荒芜的田野和树林中散步。在离这儿一两英里的篱笆旁,我摘下一篮子接骨木果,竟惊喜地发现我遇到了一群年轻的橙腹拟鹂和东蓝鸲,小家伙们在我面前的树枝之间轻快地跳跃,它们显然在采食果实。

那么,每年有多少樱桃果核,特别是鸟儿能轻松吞食的小一些的或野生的樱桃果核,被播撒在田野和森林里啊。

经火灼烧的土地会有新树冒出,这并不神秘,因为免于火烧的幼苗和虚弱的植株终于得以在此生长,如果留有原先的树林,它们就没有机会生长;或是因为当地面被清空后,这些种子可以在那里扎根。

北美鹅掌楸
tulip tree

橙腹拟鹂
baltimore oriole

第二十一章　鸟儿们的果实大餐

野果、浆果和种子通常是鸟类、老鼠等小动物热衷的美食，这一点值得注意。从我所了解的来推测，我倾向于认为，不论这些果实的口味如何，或干硬或酸涩，或乏味或微小，都是它们的最爱，当然鸟儿的口味与我们人类的不同。

北美圆柏

比方说，有多少种鸟儿在秋冬以北美圆柏的浆果为食？据鸟类学家的描述，最常见的鸟儿包括旅鸫、雪松太平鸟、黄腰白喉林莺、东蓝鸲、紫朱雀、小嘲鸫、松雀，据我观察，还包括乌鸦。至于平枝圆柏的浆果，可能是同一类鸟儿在采食。威尔逊说，雪松太平鸟"非常喜欢"北美圆柏的果实，"有时一棵小北美圆柏的枝丫间就可看到三四十只鸟儿飞跃扑腾，采食浆果。"奥杜邦（Audubon）也曾发现："雪松太平鸟有着惊人的好胃口，这天性似乎促使它们能吞下眼前的每一颗果实或浆果。就这样，小家伙们大吃大喝，有时连飞都飞不起来，任凭自己被人牵着走。"

康科德的北美圆柏很少，尤其以镇子南部最少，所以我一直好奇，二十年前我在一座山上发现的一棵小北美圆柏究竟来自何方。不过在某个严冬，我碰巧发现渔人在瓦尔登湖的冰面打下一个个小洞，渔人散去后，乌鸦经常造访这些藏有鱼饵的小洞。我还发现，乌鸦在冰面留下了大量北美圆柏和小檗的种子。当时，离瓦尔登湖最近且有北美圆柏结籽的地方是朝东一英里处林肯郡弗林特池畔的一座小树林，林子里还大量混杂着同样并未长在瓦尔登湖的小檗。我发现，在采食了林子里的北美圆柏和小檗的果实并捡拾了弗林特池面渔人留下的鱼饵后，小乌鸦们才去瓦尔登湖最后搜罗一番。因此，看见那座山丘自那天起长出许多小北美圆柏我并不惊讶。

种子的传播　　067

北美圆柏
eastern redcedar

雪松太平鸟
cedar waxwing

小檗

　　小檗的果实味道虽有些酸，却被乌鸦广泛播种，就像苹果籽一样，播撒在小片灌木丛里。当然，还有旅鸫和其他鸟儿，到了秋天，它们经常大量采食小檗种子；参与播种的也许还包括老鼠，因为我有时会在某个废弃的鸟巢里看到小檗种子堆得半满。冬天，我曾惊动小檗和盐肤木丛上的披肩榛鸡，看到披肩榛鸡跃上这些树，我猜想它们也应该吃这两种果实。

杨梅

你也许不会想到，杨梅会如此受欢迎，据说它是黄腰白喉林莺、旅鸫、隐夜鸫和小嘲鸫的美食。威尔逊在谈到夏末时分巨蛋港的双色树燕时说："在离开前的一段时间里，它们主要靠蜡杨梅（*Myrica cerifera*）为生并变得极胖。"

在本镇，我只知道一棵结籽的杨梅树，不过我发现那棵树的果实到了十月中旬便没了踪影，大概是被小鸟享用了，在杨梅树繁茂生长的地方，很多果实会在树上留到来年。

多花蓝果树

多花蓝果树果实小且极酸,但果核不小,你也许不想品尝它第二次,不过对于鸟类特别是旅鸫,它格外有吸引力。"它们非常喜欢多花蓝果树的浆果,"威尔逊说道,"只要有一棵树上结满了浆果,附近成群的旅鸫便会闻风而至,猎人们只需在树旁站立,装弹上膛、瞄准目标,开射!成群的小鸟接续而来,能持续一整天也不间断;凭借这种方法,猎人毫不费力便可捕获大量猎物。"

据说其他以它们为食的鸟类还有玫胸白斑翅雀(急切地吃)、北扑翅䴕(大量采食)、红头啄木鸟、小嘲鸫、雪松太平鸟和东蓝鸲。

花楸树

劳登在其著作《植物园》中写道,"在利沃尼亚①、瑞典和堪察加半岛,花楸树(正是我们引进的那种,不过我们自己另有一种美国花楸)的果实成熟后便被当作水果吃掉。"不过,我想那些地方的气候必然对其果实有某种改良作用,不然就是当地百姓生活十分困苦,总有人吞得下它,虽然没什么比花楸果实吃起来更酸涩的了。在我看来,它们异常苦涩,我实在想不通小鸟是如何食用它们的,不过,我们也能发现,鸟儿其实并不会咀嚼果实。即便如此,我发现旅鸫、雪松太平鸟和紫朱雀有着和利沃尼亚人相同的口味,伊夫林说鸫鸟十分喜爱这种果实,以至于有花楸果实之处,则必有鸫鸟相伴。

虽然鸟儿们早在果实成熟前就开始了它们的行动,九月二十日前后,前院的小树林吸引了很多前来采食果实的鸟儿,显得生机

① 利沃尼亚,又译为立窝尼亚,北欧的一个历史地域名称。

勃勃。当然，它们绝不甘心浅尝辄止，直到将一簇簇低垂的橘色果实完全剥离后才肯停止。它们好像蜜蜂般，做完其他地方的类似任务后，便迅速集合，欢快且麻利地完成大量工作。我的邻居抱怨说这些小鸟虽然给他带来了些好处，但它们是第一个获得他多数草莓的家伙，最终，当邻居的花楸树结满果实，成了前院美丽的装饰时，短短几天这些家伙就将它们全部夺走了。

因此，不是只有一些种子被四处散落，而是包含上述我提到的所有树种，除去个头很大的种子，这些媒介一般会将种子传播得至广至远。

不过，我只见过一种花楸树的种子以这种方式被种下。但是，只要土壤气候适宜，这必定是它们繁衍的方式。

白檫木、朴树

白檫木的果实虽漂亮但不太可口，但它们常常是鸟儿竞相吞食的美味，以

白檫木
white sassafras

种子的传播　　071

垂序商陆
American pokeweed

食虫莺
worm-eating warbler

至于我们很难找到一颗成熟的白檫木果实。即便是朴树（Celtis）那干瘪、难以下咽的果实，据说也会被鸽子和象牙嘴啄木鸟采食。

简言之，比起四脚兽、爬行动物或鱼类，树木的种子及其果肉尤其适合鸟儿食用。鸟儿能轻松采摘种子并能将它们传播到最远处。

九月一日前后，如果你想研究鸟类的习性，那么就去它们的食物所在处，例如，去找野生黑樱桃、接骨木、垂序商陆以及花楸树。除去已过全盛期并逐渐枯萎的黑果越橘外，野黑樱和接骨木果是当下最常见的两种野果。于是，有它们生长的地方，我们便能发现采食浆果的鸟儿聚集，例如橙腹拟鹂、旅鸫或东蓝鸲。

在上述名单中，我们还能增列当季的盐肤木、冬青（Prinos）、荚蒾

（*Viburnum*）、山楂、蔷薇果、唐棣、葡萄、两型豆（*Amphicarpaea*）和匐枝白珠的果实。上述这些乔木和灌木的种子也是松鼠和老鼠采食的对象。达尔文谈到英国的大山雀时曾说，他"曾多次见过并听到它敲击红豆杉的种子"。那么我们这里的山雀——同前述的英国大山雀（*Parus major*）起源相近——是否也会采食红豆杉的种子呢？威尔逊曾提及旅鸫会吃垂序商陆的浆果，"这种浆果的汁液是美丽的猩红色，这些鸟儿大量享用果实后，整个肚子也染上了一层显眼的深红色，这碰巧有时可以拯救旅鸫的生命，因为老饕们担心鸟肉可能有毒性。"

然而更令人印象深刻的是，就连臭菘和天南星植物的浆果也会被鸟兽食用。

大约到八月中旬，大多数植物的小果实都已成熟或渐趋成熟，而这恰巧同以它们为食的成群幼鸟学会飞行的时节不谋而合。

北美臭菘
eastern skunk cabbage

第二十二章　贪恋莓果的动物家族

虽然佳露果分布广泛，我还未曾发现过由种子发芽长出的佳露果苗。在一片有三十年树龄的浓密松林里，我仔细观察这些常见的佳露果（*Gaylussacia resinosum*）树丛。我发现，它们靠近叶子底下偶尔分叉的健壮匍匐茎扩展生长，虽然单个佳露果丛不超过八到十岁，但它们的根茎和匍匐茎无疑同这森林一样年长，是曾经繁茂生长的佳露果群的后裔。碰到开阔的田野，它们有时会沿着围墙生长，我有时会追踪匍匐茎约七英尺，直到它在某处断掉，毫无疑问，它实际要长得多。匍匐茎上会有三四株佳露果丛相继冒出，它们长势微弱，去年长了不到一寸，而匍匐茎最终则会有六英寸长至十二英寸长。那些最大的植株底部的弯曲弧度表明，它们源于这条匍匐茎，而且由于匍匐茎分叉的末端，一边朝上弯曲形成树丛，而另一边则继续水平延伸。

野外的佳露果树丛似乎在第五、第六年时达到鼎盛期，一般能活到十至十二岁。

低矮蓝莓，即旱地蓝莓（*Vaccinium vacillans*）和矮丛蓝莓（*Vaccinium pennsylvanicum*）也是如此。它们规模虽略小一些，不过，在更为开阔的地带，我曾看到它们成排生长，蔓延有几英尺长；它们沿着地下匍匐茎朝上生长，因此可据此猜测匍匐茎的位置。

你还会不时看到一丛年轻的佳露果，正好长在一根刚被锯断的北美乔松树桩的顶部，立于树皮和木头之间的缝隙，仿佛是由小鸟或风运送至此的某粒种子冒出。不过，很多时候，这些佳露果丛多半是从由下朝上生长的匍匐茎而来。红涩石楠（*Pyrus arbutifolia*）[①]等植物也是如此。杜鹃花科这类植物

① 现学名为 *Aronia arbutifolia*。

据说是最早的,也可能是地球上最后仅存的植物活化石之一。佳露果形成了一座低调、潜沉的林下之林,然而它生气不减,耐心地等待着时机。

伐木两三年后,你通常会在那里发现大量的佳露果和蓝莓,当然还有唐棣和涩石楠等植物。这些树多半是由动物种下的,我即将说到的小栎树也是如此;又或许,树被砍伐之前,一些种子就存活至今,这是因为自然将大量的重要种子保存于大树林下的"育婴室",随时准备迎接各种意外,如大火、强风或人类砍伐。

我曾在树林或草地的岩石上看到遗留的浆果种子,鸟儿曾在这里栖息,在莓果成熟的季节,鸟儿持续不断地传播着果实。

也许这些莓果真是鸟儿的最爱哩。威尔逊曾说,雪松太平鸟每年都要"造访"阿勒格尼群岛(Alleghenies),在莓果成熟的季节,这些果实几乎包揽

红涩石楠
red chokeberry

大冠蝇霸鹟
great crested flycatcher

了夏季换羽期的主红雀和猩红丽唐纳雀的所有伙食。除了这些鸟儿，我们还可以加入大冠蝇霸鹟、绿纹霸鹟、草原松鸡和哀鸽。或许，我们还能加上旅鸫、褐弯嘴嘲鸫、棕林鸫和旅鸽，毫无疑问，还有很多鸟儿以这些莓果为食。乔治·爱默生说，矮丛蓝莓养活了无数野鸽。

狐狸也是大量享用佳露果的食客，在它们捕获的动物皮毛和骨头里，我常发现有佳露果种子混杂其中。去年九月，我有两回在林子里仔细地检视了狐狸的粪便，这两次是在不同日期且相距甚远。它们的粪便主要包含土拨鼠的皮毛、部分下颚和门牙，以及一些佳露果种子或整颗佳露果。像我们一样，狐狸也喜欢荤素两菜搭配，即土拨鼠和佳露果。如此看来，为了传播种子，大自然不仅动员了大量鸟儿，还有这不安分的游侠——狐狸。在它的粪便中，我还经常发

北方高丛蓝莓
northern highbush blueberry

石刁柏
garden asparagus

现一些其他小型果实（或许是蔷薇果或轮生冬青的种子）。

以同样的方式，清理后的沼泽会有高丛蓝莓、涩石楠等冒出，不过后来长出的槭树等乔木遮蔽了阳光，最终杀死了它们。

去年十月一日，途经一片丰饶的低地时，在枯萎枝茎构成的灰褐朦胧中，我发现大量的深红色石刁柏种子点缀其间。那片石刁柏至少占地一英亩，而且必定有好几蒲式耳的种子。这景象表明鸟类传播种子的范围是何其宽广。

因此，在观察十二杆以北、马路对面的一片未经开垦却灌木丛生的山坡时，在那里的草地和灌木丛中，我看到很多两三英尺高的植物，并且已经结籽——这些植物必定是鸟儿从上述那块地引进的。此外，我还发现了纤小而坚韧的植株，种子还附着在上面，就这样被播种于最偏僻荒芜的沼泽地里，离最近的房子有一英里远。第二种情况下，幼株很难长大成形，多数人也并不知道它们是什么。

几年来，我注意到在瓦尔登湖周围的树林里长有西红柿幼株，它们有时长在空心树桩里，距离最近的房子或花园至少四分之三英里。因为西红柿在那里并不结果，这些种子也许是每年的野餐派对时被携带至此，不然就是鸟儿落下的。然而，在我们的花园里，我并没有看到鸟儿啄食西红柿，也没有看到由种子长出的马铃薯幼苗（非人类播种），尽管两者是亲缘植物且人类栽种广泛。金翅雀以各种各样的种子为食，因此有很多别名。我将它们视作蓟雀（thistle-bird），不过我储藏种子的邻居们还将它看作莴苣鸟（lettuce-bird），另一位邻居则是因这种鸟采食他的向日葵籽而熟悉它们，此外这小家伙兴许还是大麻鸟（hemp-bird）呢。

第二十三章　自然传播的果树和梨树

想想苹果树是如何通过牛和其他兽类遍布全国的，在很多地方形成几乎难以穿越的树丛，也为果园带来很多优良的新品种。

乌鸦也到处采食解冻后的苹果，经常可发现它们的嗉囊里富含苹果果肉。我曾见过它们在本州境内衔运整颗苹果。某年冬天，我在河滨冰雪地上的一棵栎树下发现一些冻果碎片，仔细一瞧，发现还有两三行乌鸦的足迹和鸟粪，这定是曾在栎树上方栖息的乌鸦留下的。不过，那里没有松鼠或其他动物的足迹。树下的雪地上，到处是一个个圆圆的小洞，将手伸入，便可从雪下的小洞中取出一个苹果。最近的苹果树在三十杆远的河对岸，显然，乌鸦是为了保险起见将冻苹果运到了栎树下。

此外，雪松太平鸟、灰嘲鸫和红头啄木鸟也吃苹果和梨子，尤其是那些早熟的甜果子。威尔逊提到红头啄木鸟时说："一受惊吓，它就张开鸟喙刺进一个上好的果子，随后便衔着果子朝森林飞去。"奥杜邦还曾见过雪松太平鸟"哪怕受伤被关到一座笼子里，也依旧贪恋苹果，直到窒息而死"。

我也曾在其他地方描述过苹果的传播。

即便是梨树，很大程度上也是靠自我传播进入我们的田地和森林，人工培育的梨树很少。除非我们种下种子且符合时宜，不然我们很少能在自家园子里养活一棵梨树。所以，当我们发现它们竟能自我传播时，定会感到十分诧异。三十年前，这个镇子很少种植梨树，我在那个时候鲜少看到梨子，更不用说梨树种子了。不过，热衷传播种子的大自然早在那时，可能在很久之前就保存了一些梨子和梨树种子，因为我知道那时有十几棵高大的老梨树在野外生长，并且这个镇上的野生梨树大概同人工培育的一样多呢。

第二十四章　迸裂而出的凤仙花种

八月，椴树悬垂于溪流上方，丰量的椴树种子被流水冲卷而下，借着流水到达内陆深处，有的甚至飞越冰雪地，被吹送至远方。在明尼苏达的草原上，我还曾在黄鼠的颊囊里发现椴树的种子。

某年九月，我收集了一些形状奇异的金缕梅蒴果，在黄色树叶的包围中，它们一簇簇地生长着，看起来分外漂亮，外面紧裹着一层鹿皮革似的外衣，这种蒴果在成熟时会裂开，露出两枚闪亮的椭圆形的黑色种子。我将它们放在我的房间里，三天后，我在半夜听到一阵噼里啪啦声，不时伴有某种小东西掉落地板的声音。第二日早晨，我发现是桌上的金缕梅蒴果裂开了，坚硬的种子射向房间的各个角落。就这样，连续几天，它们将自己亮晶晶的黑色种子抛遍整个房间。显然，这些种子并非在蒴果裂开时就会飞出，因为我发现很多裂开的果实里还有种子。种子的基部似乎仍牢牢地嵌在果实里，即便果实的前端早已裂开。不过，当我用小刀试图松动一颗底部还嵌着种子的果实时，种子便立刻飞出去了。那光滑的基部似乎受到坚硬的外壳压迫，最终将种子挤了出去，只需用拇指和食指捏捏果实，便能让一颗种子飞出。就这样，这种种子靠一次性弹射十到十五英尺远的方式传播。

众所周知，凤仙花果荚只要轻轻一碰就会像手枪一样迸出种子，突然而有力，以至于令人有些惊诧，即便你已有预期。他们像射击一样射出种子。我带它们回家时，这些家伙甚至在我的帽子里爆炸。康多尔说，来自美洲的那种斑点橙凤仙花（*Impatiens fulva*），从花园逸生至野外，已在英国完全归化。

弗吉尼亚金缕梅
American witch-hazel

斑点橙凤仙花
spotted jewelweed

香杨梅
sweetgale

第二十五章　顺流而下的种子

香杨梅一般生长在溪水、河流及草地边缘，它们的种子通过水流运输。仲冬时节，我发现有大量种子被冻结于河边草甸的冰层里，保持着原先被流水冲来的样子，就这样，香杨梅大多沿着潮位线扎根生长。春天，香杨梅悬垂于溪流上方，水面上覆满了种子，如同渣滓一般。

第二十六章　各怀绝技的传播术

我经常看到在国外有"漂洗工的蓟草（fuller's thistle）"之称的起绒草的头状花絮，或漂浮于河面，又或被冲至河滨。它们全部来自上游的工厂，这些工厂凭借水力发动机器，同时以这种方式将种子传播至另一处。在此，有必要补充一下这镇上首位大面积栽种起绒草的人是如何获得种子的：当时起绒草种子千金难买，这种作物的种植已被垄断，于是这人将马车借给一个种植起绒草的农人，他在清扫马车时得到了种子。

晚秋时节，你也许会发现一簇簇虻赝靛已变成黑色，断掉后上下颠倒地倒在林间小径和草地上，仿佛是某位勤劳的农人或草药商将它们收集后故意将其丢在了那里。其实，这是因为虻赝靛一丛丛地长在阶地上，许多枝茎紧密相依，枝条也紧紧交缠以致很难分开，结果强风一吹，一并将枝条连根拔起。此外，由于它们的形状，这些草丛被吹散后通常是上下颠倒的。我发现一些虻赝靛丛

虻赝靛
horseflyweed

起绒草
fuller's teasel

由三到十五株不等的茎组成，直径约有四英寸宽，看起来就像是有人将它们连根拔起然后一并放倒一样。

同一时节，你还会看到糙叶剪股颖在草地上翻滚而过，甚至不时翻越墙壁或岩石。

显然，这些植物的种子因此得到了广泛传播。

同样显而易见的是，像寻石玫和加拿大半日花（Cistus）这类遍布旱地且结籽众多的植物种子的传播方式多种多样。我曾见过一株颇大的寻石玫从刚松的树桩顶部冒出，它的根部早已深入腐木一两英尺，然而在距离地面一英尺的位置仍能维持其形态。这种情况可能是因为当积雪深度同树桩持平或略深于树桩时，种子翻越雪地后被吹送至此。因此，对多数草类植物或野草来说，大自然早就铺展它那雪白的床单承接种子，这样美洲鹨可以更容易发现它们。

第二十七章　最早结籽的菊科植物

对于带着绒毛的草本植物，正如老杰拉德（old Gerarde）所言，"它们的种子随风飘去"。

约莫五月九日，我们开始看到蒲公英已在一些更为隐蔽潮湿的河岸青草丛中播种，那时，我们正寻找开花最早的蒲公英，不过还未来得及找到它们明黄色的小圆花，就看到了这些小圆球。小男孩们吹着小绒球，猜测妈妈是否真正想要他们。（如果小男孩能一口气将种子吹散，虽然他们很少做到，那么这代表着他们的妈妈不想要他们。）有趣的是，蒲公英是秋天十分常见的带绒毛植物中最早出现的。这通常是大自然母亲给我们的第一个提示，我们该忙自己的事了，而且要尽力有所作为。我敢说，我们的守护神会始终守护我们，直到我们能一口气吹散苍穹。比起人类，大自然行事要诚实、敏捷许多！

到了六月四日，蒲公英已在草丛中基本播种完毕。你会看到草地上点缀着

美耳草
azure bluet

上千个毛茸茸的小圆球，孩子们常用它们鲜脆的茎来编织手链。① ① 此处文稿遗失。
它的至高目标是播种蒲公英。诚然，正如圣皮耶（Saint Pierre）所说："要传播松柏的种子到相当远的地方需要一场暴风雨，而播种蒲公英的种子，一拂微风便已足够。"

五月二十日前后，我看到第一株蝶须开始结籽并被风吹散至草地，同美耳草一起为地面镀上一层银白，之后又漂浮到水面。比起我们最初找寻它们初花时的地方，它们现在已然飞越到远超地面的高度。提及与它同源的英国作物时，杰拉德这样说道："这些植物确实生长于阳光普照的沙滩和未经开垦之地。"

连同早先提到的柳树、杨树，我把这些植物和蒲公英并作带绒毛种子的植物中最早结籽的一类，除去榆树，它们的种子也是最早成熟的。至于湿生鼠麴草（*Gnaphalium uliginosum*）这种亲缘相近的植物,则是要更晚些的时候在路边低处传播种子。

康多尔说,珠光香青(*Antennaria margaritacea*[①],和蝶须同属)别称美国常青花(American everlasting),早先种植于英格兰的墓园,如今已从彼地的花园墓地中逸生,彻底归化了。

双冠苣(*Krigia*)为本地最早开花的菊科植物之一,约在六月十三日开始飞扬。我常常未见其花便见其种,这是因为它只在上午开花,而这一时段多数人不太方便外出。

美丽飞蓬(*Erigeron bellidifolius*[②])是该属成员中最早结籽和开花的。

[①] 现学名 *Anaphalis margaritacea*,即原为蝶须属,现归为香青属。

[②] 现学名 *Erigeron pulchellus*。

美丽飞蓬
Robin's plantain

小叶萍蓬草
small yellow pond lily

据圣皮耶说，与美丽飞蓬同属但开花较晚的美洲原生种——小蓬草（*Erigeron canadensis*）已成为欧洲常见的野草，且远至俄罗斯喀山。林肯夫人说："林奈宣称，小蓬草的种子飞越大西洋，由美洲引入欧洲。"不过，它们并不需要哥伦布指路。据格雷所述，另一种飞蓬在当地土生土长。

圣皮耶观察发现："多数易飘浮的种子约莫在初秋成熟……然后，到了九月底或十月初，风变得尤为猛烈，亦即所谓的秋分风。"

第二十八章　飞越沧海的蓟草

大约从八月二日起一直到冬天，我便在空中看到四处飘浮的蓟草种子，这景象在八九月尤为明显。

这种被称为丝路蓟的植物是最早成熟的蓟草。美洲金翅雀（*Carduelis tristis*），又称蓟鸟（carduus[①]在拉丁语中有"蓟"的意思）则消息更为灵通，比我更早知道它何时成熟。一旦蓟草的头状花絮开始枯萎，小家伙便将它扯成碎片，散播开来。每年，金翅雀总是在全国各地定期放飞这些种子，我偶尔也会参与其中。

[①] *Carduelis* 来源于拉丁语 *carduus*。

罗马人也有他们的金翅雀，普林尼说这是他们最小的鸟，因为采食蓟草种子并非这类鸟类现代或一时的习性。如若不是金翅雀像助产士般释放蓟籽，它们会一直附着于花托直到受潮腐烂，又或直接掉落地面。鸟儿们将种子发射到空中，助其寻找命运，不过它们也会吞食一些种子作为报酬。

所有的孩子都会受相似的本能驱使，若从结果来看，其目的或许是相似的。他们实在很难忍住不碰蓟草成熟的毛球。穆迪谈到红额金翅雀的食物时说，尤其是那些菊科植物带翼瓣的种子，"因其异常丰盛的产量，整个夏季，空中一直弥漫着花粉"，且"一整年不间断，这是因为当风尚未摇动秋天蓟花的绒毛，早发千里光已经开花，蒲公英和其他植物又紧随其后"。

蓟草有着银白色的绒毛，且比马利筋更为粗糙，它的飞扬时间亦早。对我来说，第一次见它们飘浮在空中既分外有趣又令人惊奇，因为这可作季节流逝的证明，每年我初见此景时，定要做些记录。

十分特别的是，你会经常发现蓟草的绒毛种子从低处水面划过，飞越瓦尔登湖和良港湖等湖泊。比如，去年某日的下午五点，刚下过一些雨，我在瓦尔登湖中央看到很多没有种子的蓟草绒毛从水面上方约一英尺处飘过，不过当时几乎没有风。绒毛似乎是被吸引到湖上的，而湖面又有一股气流阻止其下落或升起，同时对它加以吹送引导。它们可能是从附近洼地或山坡的生育地吹来水面的，借着气流被引向水面上方的空间，仿佛那是它们的游乐场一般。

这位聪明的热气球"驾驶员"正穿越属于它的大西洋——也许它要到另一岸播下一枚蓟草种子；如果它恰好落在一片荒野，那么它便分外自在了。

生活于公元前三百五十年的泰奥弗拉斯托斯（Theophrastus），他用来判断气象的标志之一便是"当许多蓟草植物漂浮于海面上方，这代表将有一场强风"。菲利普斯（Phillips）在其著作《栽培作物史》（*History of Cultivated Vegetables*）中说道："若看到蓟草绒毛飘荡而不见风的踪影，'森林树叶晃动却没有微风'，牧羊人便把羊群赶到庇护所，并呼喊着，上天啊，请您保佑远方的船只免受暴风雨的侵袭！"

去年八月，我在莫纳多克山上看到一株没有种子的蓟草，它的绒毛飘浮于山顶上空，尽管经过近一周的仔细搜寻，我却没能在树林以上的区域找到任何一株蓟草。那撮绒毛可能来自山脚或是邻近的谷地，这表明某些山地植物，如山上的一枝黄花是如何在新英格兰的一座座山顶间蔓延的。

我不知道蓟草的种子能被运送多远，但事实上，我们最常见的两种蓟（丝

路蓟 *Cirsium arvense* 和翼蓟 *Cirsium lanceolatum*①）从欧洲引种，它们可能从大西洋"偷渡"而来，现在已经扩散至北部各州和加拿大。顺便说一句，前者虽名为加拿大蓟（Canada thistle），似乎看起来是美洲本土的，但正如你所知，它是我们新田野里危害最大、最常见的外来野草。你也许会一连骑行数日，而路旁都是密密麻麻、紧密簇拥的蓟草。因此，对我们国家而言，维吉尔之言的确颇为适用，因为当人们不再食用栎果，犁头也被引进，农人开始劳作，枯萎病开始侵袭谷物，而这臭名远扬的蓟草则让所有田野变得坚硬粗糙：

① 现学名为 *Cirsium vulgare*。

丝路蓟
Canada thistle

① 此句大意为"无用且粗糙丑陋的蓟草群落"。

*Segnisque horreret in arvis Carduus*①

不管蓟草如何繁盛，它的散布和繁殖并不神秘，因为大家都曾见过种子绒毛在空中飘浮的奇景，并且蓟草也是所有植物中最多产且易飘浮的植物之一。

一位作家曾计算过，如果一种他称为大翅蓟（*Acanthium vulgare*②）的单枚种子的子代可全部长成，那么到了第五年，它的后代则会多达七万九千六百二十亿株并继续保持增长。"这些后代，"他说道，"不仅足以遍布整个地球表面，甚至还能覆满太阳系的所有星球，可能导致其他植物无法生长，而每株蓟草也不过只分到一平方英尺的空间。"据说，大翅蓟也靠根大量蔓延生长，在繁殖力方面，丝路蓟同样可与其媲美。

② 现学名为 *Onopordum acanthium*。

大翅蓟
Scotch cotton thistle

蓟草绒毛弹力惊人。一天，我在我的植物标本室里仔细查看了一株披针形蓟草，这个标本已压制一年左右，不过，当我把纸片取下，它的头状花絮立刻弹起一英寸多，绒毛种子也立刻四处飞散。看来唯有持续压制才能使其一直保存在标本集中。

九月、十月，每次穿越山顶时，我常把草原上蓟草干枯的花序扯成碎片，然后放飞，以此自娱。在我看来，它们所载运的重量同某些更大型的物体一样有分量。最近，彗星一直盘旋于我们西北方的天际线，不过，蓟草绒毛吸引了我更多的注意力。也许，有一撮特别舒展的绒毛从你手掌飞起，它载着自己的种子，飞到七百英尺高，然后便消失不见了。这不是给热气球驾驶者的启示吗？彗星的形状有如蓟草种子，天文学家可以计算出彗星带着彗核向某处运行的轨道（彗核可能还不如蓟籽那么坚固呢），但哪位天文学家能计算出蓟草绒毛种子的轨道，并预测出它最终在何处放下宝贵的货物？它在你睡觉时可能还在前进呢。

我在十月底看到的蓟草多半紧闭着花序，这样至少可使其绒毛免于秋雨的浸泡。不过，我扯下绒毛后发现，种子多半附着在花托上，就像插上的针般排列有序；花托又如同一个圆形、表面弧状微凸的弹闸箱，种子如子弹般塞在其小圆洞中，紧密排列成四面、五面或六面形状的圆圈。乍一看，似乎没什么东西比这低垂半瘪的蓟草花序更不雅观了。不过，你若仔细一瞧，就会发现，那环抱着种子、干燥坚硬的苞片外表虽令人厌恶，内部却十分整齐漂亮；外表对待可能伤害它的敌人有多粗暴坚硬，"内心"对它守护的种子就有多平滑柔软。这层"围篱"由覆瓦状、浅褐色、薄窄的苞片构成，像丝绸般无比丝滑，是种子精致绒毛"降落伞"的完美花托——又如一只有着丝绸衬里的摇篮，王子居于其间轻轻晃动。在这少有人知晓的光滑天花板下，种子得以保持干燥，而它饱经风霜、粗糙坚硬的外表就像发霉的屋顶。因此，那看起来不过是个褐色的、破旧的夏日遗物，似乎将要化为路边的尘土，而实际上它是一只珍贵的宝盒。

晚秋时节，我经常遇到一些失去种子、已经无用的蓟草绒毛掠过田野上方，

美洲金翅雀
American goldfinch

翼蓟
bull thistle

它们最宝贵的东西或许早被某只饥饿的金翅雀咬掉了。少了基部种子的束缚或稳固，这些绒毛一吹便走且能翻越所有障碍。也许它们确实是走得最快、最远的，而在它们的最终落脚之处，却几乎没有一株蓟草破土而出。

有的人整日匆忙，忙着实现那些疯狂的愿景，不过是为忙碌而忙碌，哪怕其实无事可忙，它们徒劳无果的事业不禁让我想起这些蓟草。比如，忙碌的商人和交易所的掮客靠着赊欠信贷来做生意，或是押注热门的股票，他们一次次失败后又获得帮助，无所为而为。在我看来，这些不过是无谓的忙碌，没有东西能够留存，对于蓟草群落而言毫无用处，甚至连一个蠢人也吸引不来。当你想安慰或解救某个失意商人（带他走出法庭），帮他再度腾飞之前，莫要忘了花点时间看看他是否拥有成功的种子。这样的人从远处便能辨认出来。他"飘动"得缓慢而稳健，负重前行——他的事业，终会开花结果。

第二十九章　生生不息的火生草

到了八月中旬，火生草[①]（此处特指饥荒草 Erechtites hieracifolia 和柳兰 Epilobium angustifolium）的绒毛开始飞扬。然而，它们被称为火生草并不十分贴切，因为它们也会以同样的方式从新开垦的土地冒出，不论清空土地的原因为何。比如，在这附近，砍伐同焚烧一样常见，虽然我承认焚烧后的灰烬对它们是种很好的肥料（很多其他植物也有相同的习性）。在这里，它们常出现于萌芽林地甫经清理且多沙砾的裸露地面。半空中，总有足量的种子准备降落地面，在这些地方扎根生长。它们可能在树木被

① 火生草，指的是在火烧过的土地上最先生长出的野草。

柳兰
fireweed

砍前的秋天被风吹到了树林里,当风停息时安顿下来;或者,据我所知,它们早已蛰伏于土壤多年,生命力依然如初。这些种子甚至拥有了逃避或忍受火烧的本领,又或者是因为大火产生的气流将其抬升至不受损伤的区域。在缅因州的荒野,我见过大量的柳叶菜(*Epilobium*)生长于已经焚烧或砍伐的地方,它们多半密集丛生于一英里左右的范围,开花时,哪怕你远在一英里外的湖边,一瞧那粉色便极易分辨。

饥荒草是一种常见的自然生长植物,要在土地清理后(通过焚烧)才会引人注意,并开始茂密生长。不过,据我观察,火生草遍布本地的林地,只不过在浓密的树林中相对较少且长势较弱。同蓟草一样,它结籽较多且易飘散。数百万颗种子沿我们途经的小道飘散,我们则浑然不觉。《论坛报》(*Tribune*)

一位记者于一八六一年在纽约州希南戈郡写道，约莫六十年前，凡是经过焚烧的土地，饥荒草可谓是一"大害"。"它花朵的绒毛十分纤细，"他说道，"伐木时在漫天绒毛中工作既令人窒息，又让人眼前一片模糊，来年，谷物间有时也会充斥绒毛，所以我们不得不在脸上系好面罩以便打谷和清理绒毛。"

那么，我们为何认为饥荒草是自然生长的呢？我要问那些坚持这一理论的人：如果饥荒草是自然生长的，那么它们为何不在欧洲生长，就像在美洲那样？当然，丝路蓟也是自然产生的，但为什么直到种子从欧洲传入，才在这里产生呢？我毫不怀疑，在欧洲类似的地方，饥荒草也可由种子繁殖成功，即便目前还未实现，它也会像在美洲一样神秘地自然冒出。但是，如果种子对它的生长无足轻重，它们能够在欧洲自然产生，为何在种子传入之前，没有看到它们出现呢？

而且，在林木砍伐后的第二年，伴随饥荒草一同冒出的多数野草为多年生植物，在林木被伐前必然已在林子里生长一年了。如果你和我一样仔细观察一番，你就能在那里找到它们的基生叶。这些植物包括一枝黄花、紫菀、柳叶菜、蓟草等。但除非森林被砍伐，否则这些植物很少能活两年或长至成熟。

第三十章　马利筋的生命宝盒

马利筋（Asclepias）种类众多且均源自美洲，本镇常见的有四种，即西亚马利筋（Asclepias cornuti [①]）、高大马利筋、抱茎马利筋和粉花马利筋。它们的绒毛要比蓟草的绒毛纤细和洁白，其中西亚马利

[①] 现学名 Asclepias syriaca，又名乳草或叙利亚马利筋。种名 syriaca 来自于 Syria（叙利亚），其原产于北美洲东北部，当初以为其源自小亚细亚。

筋更因其绒毛的光滑柔软而被称为弗吉尼亚丝。卡姆曾说,加拿大将其称为"棉纺厂",并说"穷人收集它的绒毛填充床具,特别是孩子的被褥,以此来替代羽绒"。康多尔说,马利筋已得到培植,且已被引入欧洲南部,其种子绒毛被用作软毛或棉花。

马利筋的绒毛最早约于九月十六日开始飞扬,而西亚马利筋的种子则在十月二十日或二十五左右传播种子。(我也曾在春日的半空中见过一种马利筋种子。)它的果荚大且厚,外覆着一层软刺,一个个果荚同枝茎形成不同的角度,就像一个花饰。抱茎马利筋果荚细长,十分挺立,长约五英寸。粉花马利筋的果实小且细长,有尖角,极为挺直,大大的种子四周围着一圈薄翼。

现在我们重点谈谈西亚马利筋。如果你里外仔细观察一番,就会发现它的

西亚马利筋
common milkweed

粉花马利筋
swamp milkweed

果荚如同一只仙境宝盒，还有点像独木舟。果实变干后，它的果荚便会翘起、爆裂，沿着果实表面凸起的接缝处裂开，露出棕色的种子和形似降落伞的纤细银色绒毛，如同洁白的丝线，以覆鳞状紧密排列并朝向上方。一些孩子将这些绒毛称作种子的鬃毛或小银鱼，当我们平放马利筋种子时，它们确实有点类似长着棕色脑袋、圆润的小银鱼。

一个外覆软毛刺、内有光滑衬里的椭圆形小匣子里，紧密排列着约两百枚梨形种子（我一次数为一百三十四粒，另一次数出了二百七十粒），每粒种子靠一束极细的丝线连接果实的核心并借此汲取营养。（这些丝线会因果实中间隆起的分隔而有一两个分叉。）

最终，当种子成熟且不再需要母株的营养，就会被"断了奶"，果荚因干燥或霜冻而裂开，漂亮的"小银鱼"种子逐渐松动，棕色的鳞瓣微微翘起；丝线末端同果核分离，它们原本是种子的营养导管，现在似乎又化为飘动的气球了，像某种蛛网般，载着种子到达新的遥远的田野。这些比最精致的线更为纤细的丝线，即将载起一粒粒饱满的种子。

马利筋的果荚常在雨后裂开——它会从下侧开裂，以避开紧接而来的阵雨。上部种子的绒毛外侧则会渐渐被吹开，不过此时仍借着中间绒毛的末端连接果核。也许，在某些张得更开、更为干燥的果荚顶部，已有一小群松开的种子和绒毛，种子绒毛丝线的顶端如经线般汇聚一处，风起时随时准备飘走，又像一艘系着长索、暂泊于溪流的小船，随时准备扬帆起航。然而，在一阵强风真正将其送出之前，它们可能会被吹上很长一段时间，在此期间它们努力吹干并伸展丝线，以便更容易浮起。这些白色的绒毛簇从远处看来，大如拳头。我的一个邻居说，这些植物到了折扣出清的时候。

我释放的几粒种子很快就落到了地面，不过如果它们等到了更强劲的风，就可能会被带到很远的地方。

至于其他种子，你如果等上一会儿，就会发现它们的果实已完全打开而且变空，只剩下棕色的果核。这时，你也许还会看到它果荚内部细致光滑的白色或草黄色的衬里。

九月末，如果你恰好坐在一扇敞开的阁楼窗前，就会看到许多马利筋绒毛在与你相同的水平面上航行，只不过它们通常都已卸下了货物，而你或许从不晓得，自家周围竟然长着这些植物。

一八六〇年八月二十六日，我发现马利筋长在田野的洼地里，似乎曾有种子在这风吹止息的落脚处最终安顿下来。

因此，尽管显露的平原山丘送出强风以牵引种子，沉静内敛之地却最终抢占先机。无风吹拂的平静洼地毫不费力地接受并庇护了种子。

一天下午，我徒步穿过科南特姆岭，越过李家桥，进入林肯郡；而后经由痛苦山返回时，我在铁线莲溪一片开阔的草地上发现马利筋的果荚已经上翘裂开，释放出一些种子后，精致丝滑的丝线随即飞散张开，放射成一个半球形，每条丝线同它左右的邻居互不牵连，反射出五彩斑斓的光芒。种子有着宽阔轻薄的边缘或翼瓣，这明显有利于其保持稳定，防止它打转。我放出一枚种子，它起初升得缓慢且犹疑，被隐形的气流一下吹到这边，一下又到另一边，这令我担心它会失事撞入邻近的树林，但是，这并未发生，在越来越靠近树林时，它坚定地升起，随即感受到强大的北风，迅速朝相反的方向飞去，越过法拉家的树林，愈升愈高，随空气的波动起起伏伏，最终在五十杆外，高于地面一百英尺的地方朝南飞去——直到从我的视野消失。

我饶有兴致地观察了一会儿，就像劳里亚特先生（Mr. Lauriat）①的朋友们看着他消失在天际一样。不过这次，种子返回地面之旅少了很多风险，当夜幕降临，空气湿润静止之际，它发现了一片乐土，于是轻轻落入林间，最终在一处风止息又有些陌生的山谷中安顿下来，它也许就住在像这样的某条小溪旁——种子的飞

---

① 一位早期的热气球飞行员，生平不详。

行之旅结束，它的坠落将开启新的成长。

就这样，一批又一批种子越过湖泊、树林和高山。试想，在这个季节有多少异彩纷呈的"种子气球"以同样的方式飘于空中；又有多少种子用这样的方式扬帆远航，越过山丘、草甸、河流，循着不同的路线，直到风息而止，在新的地方繁衍族群——谁又能说出它们到底走了多远？我想，那些在新英格兰成熟的种子也许能将自己种在宾夕法尼亚。不管怎样，我对秋天带来的每一次冒险感兴趣，我想知道它的结果如何，是否成功。为了实现目标，这些丝绸飘带在整个夏季不断完善自我，紧紧地裹在轻巧的果实盒里，这是为达成目标进行的完美调试——它们不仅预示着今年秋天的成果，也预言了未来的每个春天。只要有一株马利筋带有信念，孕育出成熟的果实，谁还会相信先知但以理（Daniel）或牧师米勒（Miller）[1]所说的世界将在这个夏天终结的预言？

[1] 应该指的是传教士威廉·米勒（William Miller）依据《旧约圣经·但以理书》（Book of Daniel）做出的关于1844年世界末日来临的预言。

我将其中两个已经爆裂的马利筋果荚带回家，每天释放一些种子借以自娱，看着它们缓缓升空，从我的眼前消失。毫无疑问，它们上升速度的快慢可以作为一个天然的气压计来测试空气的状况。

临近十一月底，我有时还会在路旁看到一些马利筋果荚，果荚内部丝滑的物质已被清空，虽然这可能是下过雪的缘故，不过这表明，几个月以来，大风一直在传播它们的种子。

第三十一章　染白秋日原野

罗布麻有着同马利筋果荚十分相似、极长且细的弯曲果实。

披散罗布麻
spreading dogbane

秋狮牙苣
autumn hawkbit

其外部呈暗红色或赤褐色，内部则为带着光泽的浅棕色。它们以类似的方式打开并释放绒毛种子。不过，我曾在四月底时，看到一枚依然闭合的果荚。

九月中旬后，严寒已为繁花画上句点，我们渐渐只能看到它们的种子。到九月十八日，两三种山柳菊（*Hieracium*）已经开始结籽，它们黄色的小圆球构成了秋日的独特风景。不久后，草甸上方四处散布着秋狮牙苣的小球果，五月的景象再次出现。

到了九月底，铁线莲也开始变得毛茸茸。一个月后，树叶几乎都已掉落，我还将它误认为是一棵开满白花的树，悬垂于一棵矮树上方。说起这个物种，某位作者曾在《博物学家期刊》（*The Journal of a Naturalist*）中写道："我常于河边的老鼠洞口，观察到这种种子长而带毛的部分，在艰难的时节，这些种子也许能给这些小家伙提供部分供给。"

同一时节，更为明亮、带有银色光泽的帚须芒草（*Andropogon scoparius*）吸引了我们的注意力。

约莫十月二十日，一枝黄花几乎全部长出了绒毛。十一月初，不少一枝黄花和紫菀已在这一个月变得灰白，枝上布满了茂盛、富有生机的绒毛种子。这些种子刚刚落下或被吹风走，之后便要经受风雨的考验。不过，它们已然圆蓬至极，干净且轻盈。这群微小、蓟草般的种子竟能将田野染成灰白！这些种子十分细微，当我们摇动植株，释放上千颗种子后，竟然很难在空中发现它们的踪影。在它们落到地面或是被风吹走之前，你必须全神贯注、聚精会神才能看到它们。这些种子能够隐身，不仅是因为它们的大小，还得益于它们在天空的映衬下所呈现的颜色。如同覆着灰尘般，我们的衣服上满是种子。这也难怪为何它们会覆满田野，远至森林。

许多这样的种子，连同铁鸠菊（*Vernonia*）等其他植物的种子整个冬天都会留在植株上，到春天来临时才散播开来。

第三十二章　搭便车的山蚂蟥和鬼针草

有一大类植物（林奈称之为黏着植物 Adhaerentes），它们的种子或果实上附有小小的带刺的矛、钩或其他装置，以便借此附着于任何碰触它们的物体，从而被运送出去。附近最常见的这类植物包括各种各样的鬼针草（*Bidens*）、山蚂蟥（*Desmodium*），还有牛蒡、龙牙草、露珠草（*Circaea*）和拉拉藤（*Galium*）等。

庄稼枯萎，

牛蒡和矢车菊丛生；

> 有害的麦仙翁和不育的燕麦
> 主宰了耕地。

　　鬼针草本地共有五种,它的形状有点像一只扁平的小棕色箭袋,从中射出两到六只带倒钩的箭。鬼针草最早约在十月二日成熟。十月,如果你有机会穿过或经过一个半干涸的池塘,这些种子常会以惊人的数量附着在你的衣服上,就好像你不知不觉地穿过了数量庞大但却看不见的小人国军队一样,它们愤怒地将所有箭矢标枪抛向你,即便这些小人士兵不及你的腿高。这些双叉、三叉、四叉戟种子全部朝你射来,直到你的衣服被它们刺得毛茸茸的,而且由于它们不可用手拂去,哪怕是最整洁的人也只好带着它们前进。即便到了一月中旬,这些种子还有很多。

　　与众不同的是,本地有种鬼针草(*Bidens beckii*),仅在水中生长,在许多地方遍布整个河面,所以鲜少会被途经的动物推散。然而,也许是某只麝鼠、水鼬、涉禽、驼鹿或牛,或者甚至是某位不介意弄湿衣服的老派狗鱼钓手涉水而过(大自然对他和驼鹿一样期待),都可成为运输它的媒介。值得注意的是,这种鬼针草的"箭袋"所拥有的"箭矢"数量最多。

　　至于山蚂蝗,在本镇我发现八种,它们的种子包裹于节状的果荚里,看起来像一条由菱形、圆形或三角形小块串成的短链,其上密密麻麻地覆着微小的钩状绒毛。山蚂蝗最早约于八月三十一日成熟。

　　不论是生于池边的鬼针草,还是长在峭壁的山蚂蝗,它们都能准确预言旅行者的到来——野兽或人类将用皮毛和衣物运送它们的种子。九月,每当我在悬崖上费力攀爬、试图找些葡萄时,衣服上很难不沾惹山蚂蝗的种子(尤其是圆叶山蚂蝗 *Desmodium rotundifolium* 和圆锥山蚂蝗 *Desmodium paniculatum*)。哪怕你终其一生在奔跑,它们总有时间抓住你、黏上你——且常常是整排果荚,如同一把有着四五牙锯齿的狭长锯片。它们甚至会紧紧系住你的手。它们像婴儿般,借着本能依附于母亲的怀抱,渴求着一片净土——

加拿大山蚂蝗
showy tick-trefoil

迫切地希望在陌生的土地发现一片新大陆，实现自我价值。它们偷偷登上你这艘船，知道你不会回到同一个港口。你非但没有因它们困住或耽搁行程，反而不得不携着种子继续前行。就这样，一群群山蚂蝗和鬼针草种子像为我们铺了一张隐形的网，偷偷地搭了个便车。

虽然它黏上你只需一瞬，但你摘掉它却需要很长时间。我经常发现，自己身上附着一层由山蚂蝗种子堆叠而成的棕色大衣，或是一座由鬼针草组成的竖立拒马，我必须在某个方便的地方（或许对它们来说更方便）花上一刻钟将它们摘下。这样，种子们也得偿所愿——被运送到另一个地方。

因此，哪怕是衣衫褴褛的乞丐或游手好闲的懒汉，只要他肯继续前行，也能对自然的运作有所裨益。

一天下午，我和同伴在河流下游靠岸，沿着岸边穿过一片山蚂蝗（马里兰山蚂蝗 *Desmodium marylandicum* 或坚硬山蚂蝗 *Desmodium rigidum*，

柳叶鬼针草
nodding bur-marigold

果荚各节为圆形）后，发现裤子上沾满了这种植物的种子，它们密密麻麻的样子使人感觉既惊奇又有趣。这些绿色的鳞状种子紧密地覆在我的腿上，将我的腿也染成了绿色，这使我想起了水沟里的浮萍。它们如同某种甲胄。这是我们漫步途中的一件趣事，能戴上这样一枚"徽章"，我们备感骄傲，还不时地用略带嫉妒的眼神打量彼此，仿佛谁的衣服上种子数量多就最尊贵似的。我的同伴对这些种子还表露出某种信仰，因为他责备我说，他觉得为了得到更多的种子而故意走进山蚂蟥丛，或是用手将它们摘掉都是不对的，这些种子只应在无意间因磨搓而落下。一两天后，当他再次去徒步时，他的衣服上几乎和几天前一样满是种子。于是，大自然的计划也因他的信仰又推进了一些。

我们经常形容一个人衣衫褴褛（seedy^①），这可能是指他的

① seedy 在中文中有"破旧肮脏"之意。

衣服太过破旧，无法缝补，就像已经结籽的破败的植物，也许，还可能是因为太多种子附着在衣服上而显得他凌乱不堪。

第三十三章　有芒刺的牛蒡和苍耳

牛蒡的种子同样如此，孩子们常用它盖房子和谷仓而不加灰泥，不论是人还是动物，凡是覆有一层毛茸茸的"外衣"，则必定在运输种子方面有功劳。甚至，我还曾帮一只小猫去掉满身它自己无法摆脱的种子，我也常看到牛来回甩动的尾巴末端黏了一堆种子，或许，为了挥掉它想象中的苍蝇，它不仅会白忙一场，还会刺伤自己。

牛蒡
greater burdock

卡罗莱纳鹦哥
Carolina parakeet

苍耳
common cocklebur

某年一月，我穿过厚厚的积雪回家，发现外套的衬里黏满了这些干枯的带刺的种子，不过我几乎不清楚那个季节能在哪里找到这种植物。这样说来，即使在大雪时节，大自然也并未忘记它植物的生计。通过这样的方式，牛蒡从欧洲引入美洲。

在工厂采摘羊毛的人也许会告诉我们，他们在羊毛中发现了些什么。毫无疑问，很多新品种的草和用作肥料的羊毛肥料一同来到我们的土地，至少暂时如此。鸟类学家威尔逊说，在他那个年代，俄亥俄河和密西西比河沿岸长有大量苍耳，使得"长在苍耳繁茂之地的绵羊身上嵌了大片带芒刺的种子，导致它们的羊毛几乎没有清理价值"。并且，据康多尔所述："从东边冲来的羊毛曾导致蒙彼利埃①附近某处出现一大堆来自巴巴里②、叙利亚和比萨拉比亚③的植物品种，不过，那些植物多半未能在这里生存。"

① 法国南部城市。
② 北非沿海地区。
③ 德涅斯特河、普鲁特河－多瑙河和黑海形成的三角地带。

第三十四章 免交"运费"的琉璃草

几年前，我曾听说本镇仅有一处地方有琉璃草被成功引进。我用手绢包了一把琉璃草种子放在口袋里，不过到家时却花了好一阵子才将它们从口袋去除，在清理的过程中我还扯断了不少棉线。由于擦碰过这种草，所以之后我又花了二十分钟清理身上黏附的种子。不过，我对这些事情并不在意。并且就这样，第二年春天，出于好意，我将前年八月采到的一些琉璃草种子赠予了一位正培育花园的年轻女士，和我那希望传播这种稀少植物的妹妹。她们的期望被迅速点燃，并迫不及待地等了很长一段时间，因为这种植物直到第二年才会开花。开花时，它的花朵及其独特的芬芳备受欢迎，不过突然间，一阵控诉传入我的耳中，原来它的种子经常黏到光

红花琉璃草
common hound's tongue

临花园的客人衣服上。我得知,那位年轻女士的母亲一天出门旅行前,在园子里转身采了一枝香花,谁料想她就这样通过连衣裙携带了数量惊人的种子到波士顿,自己却浑然不知——原来那朵邀你前来观赏和采摘的花儿早已打好了主意——并且铁路公司免收这批"货物"的运费。就这样,这种植物巧妙地得以传播,我的目的也得以实现。我无须再为它们自寻烦恼了。

比起野蛮人,已受教化的人类运输的种子更多。皮克林(Pickering)在其有关种族的著作中写道:"澳洲的土著人多数衣不蔽体,也拥有极少的人工制造品,因此对植物和种子传播的贡献可能少于其他任何人。"

第三十五章　随波逐流的水生植物种子

一八六〇年十月十三日,我发现蛤壳山那里的河岸染了一层绿色,原来是梭鱼草（*Pontederia*）的种子漂浮于此，其中还混有风箱树的种子、珍珠菜（*Lysimachia*）的狭长球根，以及圆且茂密的绿色狸藻（*Utricularia vulgaris*）的茎叶。也许，这些植物均是以这种方式传播。我见过大片的狸藻堆积于桥边和围篱处，上面有明显的绿色叶芽。这些植物都是在秋冬两季传播。

约莫九月一日，我看到一些长约一英尺半到两英尺的箭南星（*Peltandra*）花茎，在河边和草地上向下弯曲着，其末端吊着直径约两英寸的绿色球状果实，果实仿佛石弹一般。这种果实里面包含有大量黏糊糊的种子。果实向下弯垂至地面，所以这部分果实每年都能逃脱镰刀的刈割，哪怕它的叶子几乎要被割光。就这样，这种植物得以保存并实现传播。大自然赠予了刈草人枝叶却留下了种子，等待洪水前来领取。

肋果萍蓬草（*Nuphar advena*）也同样弯曲着花茎，种子在水里和水下的淤泥中渐渐成熟。这种果实为长圆锥形，上面有一道道脉纹，一端则是颇为

箭南星
green arrow arum

梭鱼草
pickerelweed

整齐的端口，（a）里面装有黄色的种子。（b）则为香睡莲果实在脱掉外层发黑腐烂的叶子后，呈现出好看的浅浅的花瓶状。（c）这些种子约有苹果籽的四分之一大，颜色与之相似，或者更偏紫色。香睡莲的种子存活得更久，并且当它们刚从果荚脱落时——如今果实已全部沉入水里——种子会浮起，不过当包裹种子的独特黏糊状物质被冲掉后，它们就沉到了水底，在那里发芽扎根。圣皮耶表示，他完全相信，自然界的所有作品中，有某种支配其运作的完美调试与和谐，于是他得出这样的结论："水生植物种子落下的时间大多取决于其生长之地的河流何时泛滥。"

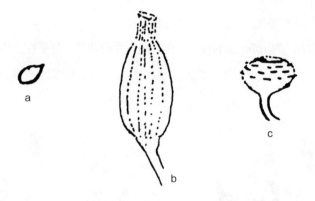

第三十六章 新生命之源——种子

这些种子必定是不少动物口中的美味。

如果你在我们周围田野的任一处挖一座池塘，没过多久，你便能在其中发现水禽、爬行动物和各种鱼类，还有常见的百合等水生植物。你刚把水池挖好，大自然便开始往里面存货了。你也许不会看到种子是如何或何时到达那里的，但自然将这一切照料得十分妥当。她动员整个"专利局"的精力去处理，种子陆续开始到达。

一八五五年八月，我清理长眠谷新墓园的土地以建造一个人工池塘。池塘陆陆续续挖了三四年，终于在去年即一八五九年完工。现在，这个池子长约十二杆、宽五六杆、深两三英尺，池底裸露、泥泞且多沙。池水源自附近草甸地下深处充沛的泉水。出水口是条浅浅的短沟渠，通向附近的浅水湾，最终汇入半英里远的河流之中。

去年，我得知不少体型较小的大头鱼和较大一些的狗鱼在池中被捕获——这早于池塘完工。这些鱼儿无疑来自那条河流，虽然引水道既窄又浅，而在今年，即一八六〇年，我发现墓园的池子里已长出一片片硕大的加拿大百合和小叶萍蓬草。由此看来，我们在死亡的包围中拥有了生命。我认为，这些种子原先并非在淤泥中休眠，而是由遍布这些植物的河流携带至此（也可能是由四分之一英里外草地中的大沟渠而来），运送它们的则有采食其种子的各种鱼类、爬行动物和鸟儿。威尔逊说，肋果萍蓬草和其他水生植物的种子会被大白鹭（great white heron）[①]、雪鹭和大蓝鹭取食。乌龟也可能食用这些种子，因为我曾见过它们吃腐叶。如果有水道相通，鱼类或许比植物更早到达，然后利用紫菀属植物获取食物和栖身之所——因为鱼儿必须要等到水面有浮叶覆盖才开始繁殖。也许，它们正安然地潜伏在这些绿色屏障后面。

[①] 大蓝鹭的白色变种，通常见于美国佛罗里达州南部，以前被认为是一个独立的物种 *Ardea occidentalis*。

一八六〇年十月十八日，我在贝克斯托沼泽南端的小池子里发现肋果萍蓬草叶和梭鱼草。它们是如何到达那里的？这回附近可没有河流。（那么，这种情况下可能是爬行动物或鸟儿运输，而非鱼类。）确实，我不妨问一问它们如何到达各处，因为所有池塘和田野都被它们占据，我们不相信，这些植物会是水池般的新造物。

这启示我们，不妨探究一番植物是如何来到其所在地的：例如，我们尚未出生或这座小镇建立前的久远时光里，很多水池就已长满

"大白鹭",大蓝鹭的白色变种
great blue heron

了百合,而它们又是如何再次长满植物的?我们自己挖的那些水塘同样如此。在我看来,我们能把握的只能是假设前者长满植物的方式与后者相同,至少从最初天地创造以来,就没有突然出现的新创造物。当然,我也毫无保留地相信,生长于不同水池中的百合,由于其多样的生长条件,最终会具备某种或明显或隐约的特性,即便它们都源自同一枚种子。

我们发现自己身处一个已有植物繁殖的世界,然而它们仍然生生不息地繁衍着,就如同起初一样。我们会说起一些长于潮湿地带的植物,其实,事实也许是它们的种子遍及各地,只是恰好在这些地方,它们获得了成功。

于是,我们明白,化石里的百合——若是地质学家能够发现的话——是如何传播的,当然还包括我们亲手带去教堂的那些种子。除非你为我指出某座池子有百合被创造,不然我将相信,最古老的化石百合在其起源地的出现方式,和如今贝克斯托沼泽的并没有什么不同。

这种发展理论暗示出大自然所蕴含的蓬勃生命力,它更灵活、更包容,就像某种持续的新生。

达尔文在其著作《物种起源》(Origin of Species)中写道:"我于二月从一座小池边水下的三处不同位置舀了三大匙淤泥;这些泥巴干掉后仅重六又四分之三盎司。我将这些泥巴裹起来,放于书房六个月,一旦有植物长出就将其抽出并进行统计;长出的植物种类丰富,共计五百三十七株,然而这些黏质的淤泥仅用一只早餐杯就可以装下。鉴于这些事实,我认为,若是说鸟儿从未将淡水水生植物的种子运送至远方,着实令人费解。"当然,鸟儿运输靠的是爪和喙。

第三十七章 洋流里的植物舰队

如果我十分重视河流或池塘漂流而来的种子,你不必惊奇,因为还有更大的种子由洋流运送穿过广阔的海洋,甚至在海中渐渐堆成一座小岛。圣皮耶说道:

这是值得哲人们深思探究之事,追踪那些日夜航行的植物舰队,看它们如何随着溪流,未经引航员引领便能到达未知的领域。有些种子,偶因河水溢出而流落荒野。我曾见过它们积聚于急流之下,在鹅卵石四周发芽,呈现出连绵起伏的青葱海绿,美丽至极。你也许曾想过,这也许是某位河神追逐的花神,花神将她的花篮掉入河神的缸中。其他一些更为幸运的种子,由某条溪流的源头发出,然后被大河的水流接住，一路被运送至遥远的岸边，用那前所未有的青葱绿色装点一番河岸。

有些种子则是跨越广袤的海洋，受暴风雨的驱动，经过一番长途远航后，最终到达一片土地，为土地装点增色。例如位于东非的塞舌尔或马埃岛的海椰子（double cocoas），每年都被大海送往四百里格[1]外，最终停落于印度西南的马拉巴尔海岸。在此居住的印度人一直深信，海洋那些与众不同的礼物必定为生长于波涛之下的棕榈树所产，他们称其为marine cocoa-nuts（海椰子），并认为它具有神奇的功效。他们十分珍视这种果实，将其当成如龙涎香一般的珍宝，他们喜爱之极，甚至使得很多海椰子卖出每颗一千克朗的价格。不过，数年前，法国人发现了出产海椰子的马埃岛并将其大量输入印度，导致其价值和名声立刻跌入谷底……

康多尔说，数个世纪以来，大量海椰子由塞舌尔群岛的普拉林和隆德被运送至马尔代夫群岛，但最终未能在当地扎根。圣皮耶也说道：

> 海洋将大量茴香种子抛向非洲西岸外的马德里海岸，以至于当地的一座港湾获得了丰沙尔（Funchal）[2]的称号，即茴香港之意。

正是循着海上种子的漂浮路线，从前的野蛮人才得以发现他们居住地上风处的岛屿，而现代水手则对此并不留意……通过类似的迹象，哥伦布得以确信另一个新世界的存在……

---

[1] 里格，原陆路长度单位，1里格一般约等于3英里，约合4.83公里。

[2] 丰沙尔来自葡萄牙语中的funcho（茴香）一词，意为"种植茴香的地方"。

种子的传播   113

茴香
sweet fennel

可可树
cacao tree

（可可树）在砂质土地的生长情况远不如海岸，通常在内陆生长会变得毫无生气……

一六九〇年，哲学家卢古阿（Leguat）和他不幸的同伴们成为罗德里格斯（Rodriguez）小岛的首批居民。这座小岛位于弗朗西斯岛的东边，他们到来时并未发现可可树。然而，就在他们短暂的居住期间，海洋向岸边抛来了数颗正在发芽的可可，这仿佛是天意，想借这有用且及时的礼物劝诱他们留在岛屿并开始栽培可可树。

一位作者曾列出各种被抛到挪威海岸的美洲果实，"一些果实十分新鲜且发了芽……这些果实通常包括腊肠树(*Cassia fistula*)、腰果(*Anacardium*)、

腊肠树
golden shower

毒鱼豆
Florida fishpoison tree

① 现学名 *Entada gigas*。
② 现学名 *Piscidia piscipula*，又称为牙买加山茱萸。西印度群岛的原住民发现这种植物的提取物可以令鱼麻醉，让他们可以徒手抓鱼。

葫芦（*Cucurbitae lagenariae*）、巨豆榼藤（*Mimosa scandens*）①的豆荚（在西印度群岛被称作"茧"）、毒鱼豆（*Piscidia erythrina*）②（英国伦敦上流社会称其为"山茱萸"）以及可可。

第三十八章　此消彼长的松树与栎树

我并非总是按照观察植物的顺序进行陈述，而是从长达数年的无数次观察中选择一些最重要的部分，并以自然的顺序展开描述。

五年前的一个清晨，我去康科德西部一片林地考察的途中经过一片树林，几年前一片独占该地且尤为浓密的北美乔松林遭到砍伐，而如今当地已被一片冬青叶栎占据。我的雇主是位一辈子都在买卖林地的老人家，他朝那林地望去，随后问了我一个十分常见的问题，他问我：一片松林被砍伐后通常会有栎树林冒出，而栎树被砍后也会有松树长出，这到底是怎么一回事。

碰巧，我一直在关注这个问题，为了获取更多关于它的事实，我甚至还在这林地未遭砍伐前仔细观察了它。因此，我认为我能回答这个问题——对我而言，它不是难解之谜。由于我不清楚有谁明确谈过这个问题，我接下来将着重探讨这一点。首先，就松林经常被栎树或栎树被松树接替的事实，我还能列举出其他很多类似的例子，不过，目前而言用上述提及的例子就已足够，我们姑且将其他例子留作其他用途。

上述松林是本镇所拥有的最浓密、纯种的松林，熟悉我们林地的人也十分清楚这一点，对冠蓝鸦和红松鼠来说，这片树林又暗又深，是绝佳的藏匿处。松林被砍伐三四年后，这片土地被几乎同样浓密的冬青叶栎占据。与此同时，这片林地交付拍卖，被我两位并不熟悉该林地的邻居欣然买下，在他们看来，这里一直都是栎树，又或者，他们听闻此处长过浓密的松林而上当受骗。和我一道骑马的老农民也参加了这场拍卖，若非土地价格过高，他也乐意购买。他声称，虽然买家是两个年轻人，但照目前的生长速度，他们有生之年不会看到任何像样的树林长出，唯一的办法就是将树砍掉、焚烧，从头再来。然而，我有些怀疑这是否会是最好的方法。老人一边拨开遮挡视线的冬青叶栎，一边问我这些冬青叶栎能有什么用处。

显然，这里原先只有松树。它们被砍伐一两年后，栎树和其他硬木在那里冒出，其间很少有松树。人们常纳闷，为何这些种子埋于地下如此之久而不腐烂。然而，真相是它们并未埋于地下太久，而是每年被各种兽类和鸟儿定期播种的。

在这附近，栎树和松树的分布情况相当，如果你仔细观察最为茂密的松林，就会发现，即便看似十分纯种的刚松林，仍然夹杂着很多小栎树、桦树和其他硬木，它们由松鼠和其他动物搬运或被风吹送至此的种子萌发而出，不过遭到了松林的遮蔽和扼杀。常绿林愈密，里头就愈有可能播满这些种子，因为"播种者"们乐意将它们的"粮食"带至附近的隐蔽处。它们还会将这些种子带入桦树林和其他林子。这样的播种年复一年地进行着，同样，老树苗也年年死去，不过一旦松树被清空，占得先机的栎树便获得了有利的条件，迅速崛起，茁壮成长。

比起松林中的栎树，松林浓密的树荫对同种松树苗的成长更为不利，虽然砍伐松林后，在地面完好的栎树种子也许会长得更加繁茂，不过，若你砍掉大片硬木林，很多情况下混于其中的小松树也会得到类似的机会，因为松鼠已将

黑胡桃
eastern black walnut

短嘴鸦
American crow

坚果搬至松林，而非更为开阔的树林，并且小家伙们通常将坚果清理得相当干净。此外，如果松林年岁较长，那么其中的小树苗则处于虚弱甚至衰败的状态，更不用说已几乎耗尽养分的土壤了。

如果松林主要被白栎林包围，那么松林被砍伐后白栎有望接替松树。如果环绕松林的是冬青叶栎，那么你就可能得到一片浓密的冬青叶栎林。

我无暇详谈细节，不过简单来说，风将松树的种子运送至硬木林和开阔的土地中，而松树和其他动物则将栎树和胡桃的种子搬运至松林中，因此树种间的轮作得以保持。很多年前，我就断言此事，后来我偶然检视茂密的松林时，同样证实了我的观点。一直以来，观察家们已了解松鼠将坚果埋于地下这一事实，但我尚不清楚是否有人这样解释过森林的交替演变。

第三十九章　播种行动的主代理——红松鼠

一八五七年九月二十四日，我沿着小镇的阿萨贝特河一路泛舟而下，中途发现一只红松鼠在岸边的草丛中一路狂奔，嘴里还衔着一个大东西。小家伙停在一棵距我不到十二杆远的铁杉树下，用它的前爪刨出一个小洞，然后将它的战利品丢入其中，用土埋好，随后便撒往树干中段。当时我正要在河岸停靠以探究一番它的存货，这只松鼠向下爬了一些，显然十分焦虑，它试探了两三次想要取回它的宝贝，最终还是撤退了。我挖掘时，发现了两枚连在一起的未熟的山核桃，带着厚厚的外壳，被掩埋于红色铁杉腐叶泥下的一英寸半处——正是播种的适合深度。简言之，红松鼠一箭双雕，既为自己储存了冬粮，也为万物播种了一棵山核桃树。如果红松鼠不幸遇害或忘记了它的存粮，一棵山核桃树就会拔地而起。这里距最近的一棵山核桃树有二十杆远。这些坚果于十四天后还在原地，不过当我在十一月二十一日即六周后再次查看时，它们已经消失。

从那以后，我更加仔细地观察了几片浓密的树林——据说它们都是纯种的松林，事实也显然如此——每次审视，我都会得到相同的结果。例如，同一日，我走进一片面积虽小但分外浓密漂亮的北美乔松林，面积约为十五杆见方，位于本镇的东部。这些树在康科德镇算是大树，直径十到十二英寸不等，是我目前所知的十分纯种的松林。的确，选择这片松林正是因为我认为此处最不可能包含其他树种。它位于一片开阔的平原或草地，仅在其东南端与另外一片小松林毗邻，小松林中夹杂着一些小栎树。除东南端外，其他各端距离最近的树林至少三十杆远。由于地面平坦且无林下灌木，站在松林一端放眼望去，林间地面多半为裸露的红色，你会以为林中没有一棵硬木树，不论是年长的树木还是幼苗。然而，沿着土面仔细观察后——虽然我的眼睛刚刚习惯这样的搜寻，我发现，和稀疏的蕨类和小蓝莓丛交替出现的还有小栎树，它们不仅遍布林间各处，而且通常每五英尺一棵，具有一定的规律性，高三到十二英寸不等。此外，我在某处还发现一颗未熟的栎果落在松树的底部。

我承认，当发现我的理论在这个案例中能得到完美验证时，我的确有些惊喜。这场播种行动的主代理者为红松鼠，在我审视它们的造林成果时，小家伙们一直分外好奇地看着我。一些小栎树的枝叶已被前来寻找阴凉的牛群吃掉。

北美红松鼠
American red squirrel

假设这片林地有十五杆见方，那么其中约有两千五百棵栎树，或者说，约为松树数量的五倍多（因为那里的松树不到五百棵）。还有许多其他类似的情形，地主和伐木工都会和你说，这片林地没有一棵栎树。其实，情形已然翻转，就数量而言，倒不如更准确地说，这是片纯栎树林，并且其中没什么松树。的确，表象具有欺骗性。此外，我还要说明，这些松树树龄约四十岁，在地面形成了一层一英寸到一英寸半厚的松针，它们之间没有更老的松树桩，不过栎树桩倒十分常见。简言之，松树占据栎树林的地盘，并准备为另一座栎林让路以接替自己。

第四十章　栎树的天然苗圃

我还审视了镇子西端的一片刚松林，这片松林于一八二六年在一片经过焚烧的土地上破土而出。林中没有超出灌木大小的其他植物，一个漫不经心的观察者大概只能发现刚松底下冒出的几棵小北美乔松，除此之外再无其他；不过，林子树干底部之间的地面仍然同最初的草地般裸露光滑。虽然这片林子曾被彻底翻新挖掘过，且只有十二到十五杆宽，但某些方向你仍然无法望穿，因此这是我所知道的最为浓密的松林之一。它距最近的树林有二十杆远，距其他林地更是最近的树林的五倍开外，不过，走近一瞧便能发现其中长着不少栎树苗。我迅速选了一处看起来栎树苗最多的地方，在十五英尺见方的范围就数出了十株，而在其他一块同等面积的地方，我只发现了五棵刚松；由此可见，此处栎树苗的数量约为刚松的两倍。

在其他一些例子中，我曾在六棵刚松下发现了上百株栎树幼苗。

起初，我们多半期待在结籽的栎树周围找到大量栎树苗，即便找不到，也要去栎树林中寻找，然而，当我真正去那里寻找时，发现那里的栎树苗远比松树之下的稀少和羸弱。

然而，我并不满意自己对栎树进行的观察，并且，这种观察未能得出确切的结果。于是，一天下午，我带上铲子，决心从某座纯栎林挖出十棵栎树苗，然后从纯松林中取出同等数量的栎树苗用以比较，我觉得这样操作似乎更加稳妥。

我寻找的是高度明显低于一英尺且便于进行挖掘的树苗，一经发现，便将它们带走。

我首先检视的是一片规模较小但十分浓密的栎树和山核桃树混生林，其中的树尚且年幼，未到可结种子的年龄，不过与之毗邻的是一片能结果的老树林，然而，经过一番仔细搜寻后，我并未在那里发现一株年轻的栎树。

我接着前往一片广阔的栎松混生林，在其中栎树最繁茂的地方开始搜罗。这些栎树约二十五到三十岁，不过，通常不足两三杆远，就有一棵细瘦的松树。那里有很多三四英尺高的冬青叶栎，然而，虽然我寻找了近一个钟头，最后却十分沮丧，担心没有时间再去检视另一座松林。这座林子里，我只找到三株符合要求的栎树苗。

然而，我发现，不论在林子里寻到的树苗有十株与否，这并不影响我此行的目的。这样，我便动身前往另一座年轻的刚松和北美乔松混合林，这座树林从一片牧草地破土而出，与我上述提及的栎松混合林毗邻。此外，这座林子里有成千上万株我想寻找的那种栎树苗，我立即挖了十株，时值十月，一些地方的地面已被染得通红。毫无疑问，这些树苗源自上述栎松混合林产出的栎实。

为了验证树林拥有多少以及哪些种类的栎树苗，我如今已探查了许多浓密的松林，既有刚松和北美乔松林，也有几片栎树林。我可以毫不犹豫地说，松林中低于一英尺的栎树苗要远多于栎树林中的树苗。这些栎树苗在松林下方繁茂地生长，数不胜数，然而在栎树林中很难寻到它们的身影。不论原因如何，从两类树林中都能找到的倒是些腐烂的老根和羸弱的幼苗。

虽然栎实只能由栎树而非松树出产，但事实上，栎树林中的栎树苗（此处指高度不足一英尺的幼苗）相对稀少，而松林中的栎树苗却有上千株。如果让我去浓密的纯栎树林中寻找一百株这样大小且适合移植的栎树苗，我绝不愿承担这样的任务，不过，若是从松林中取上千株栎树幼苗则是轻而易举的差事。

确实，人们似乎并不十分了解，松林是栎树的天然苗圃。只要松林依然矗立，我们便能轻易地从中移植栎树苗到我们的土地中，拯救那些每年逐渐腐烂的幼苗。无论如何，这些栎树将承受阳光，这便是它们的命运。

那么，这就是为何栎树和松树经常长在一起或生长于同一地区的原因。如果我没记错，这里的栎树和松树（包括刚松和北美乔松）在分布范围上几乎一致。也有可能栎树的生长范围更向南延伸些，因为南方霜冻灾害少，而松树则可能向北延伸，因为在那里，即便有了松林的庇护，栎树也很难挨过严寒。也许，栎树生长最为繁茂、出产木材最优的地方正是气候寒冷但并未酷寒至极之地，那里的栎树起初需要松林的庇护，但不至于到达有松林保护仍会冻死的程度。纳托尔（Nuttall）在其《北美林木志》（*North American Sylva*）中谈道："栎树……仅分布于北半球……东半球有六十三种栎树，北美，包括新西班牙地区①在内，共计约有七十四种。这其中美国有三十七种，新西班牙地区也有相同的种数。"

① 新西班牙地区，指当时的西班牙在美洲的殖民地。

我还发现，这些小栎树同样大量分布于桦树林中，那里为搬运栎实的冠蓝鸦、松鼠和其他动物提供了枝叶茂密的遮蔽之所。简言之，这附近只要有松林甚至桦树林长成，过不了多久松鼠和鸟儿们便会开始在林中播种栎树种子了。

不过值得注意的是，开阔的草地或牧场没有栎树苗。即便有种子掉落于此，绝大多数栎树苗依然不大可能成功长成。而那些成功破土的栎树苗则多半是鸟儿和动物在前往另一处隐蔽地的途中掉落或埋下的。我敢说，每一株这样的幼苗都来自种子。当我在当地仔细观察这些仅两三岁的栎树苗时，我发现，那里无一例外都留有种子从中发芽后留下的空栎实。

第四十一章　种子的生命力

很多人相信，但凡有栎树生长过的地方，便有栎树种子于土壤中长眠；然而，事实远非如此。众所周知，要长期保存栎实的生命力将其顺利运至欧洲很难。劳登在其《植物园》中建议，将栎实置于罐中让它在航行途中发芽不失为一个稳妥的办法。这位专家称，"任何种类的栎实鲜少能在保存一年后发芽"，山毛榉也"只能保有生命力一年"，而黑胡桃"很少……能在成熟后超过六个月"。我经常发现，到十一月时，几乎地面的每颗栎实都已发芽。柯贝特（Cobbett）提及白栎树时曾说："如果暖雨于十一月到来——这在美洲经常发生，那么依然附着于栎树的栎实会在被风摇落之前开始萌芽。"一八六〇年十月八日，我发现大量白栎栎实虽然依然处于半悬未落的状态，但它们却已萌芽，这使我相信，这些种子有时还未落地就开始发芽了。然而，一位植物学作者竟然声称："沉睡了几世纪的栎实，刚被挖出不久便开始迅速生长。"此外，栎实腐烂起来既快又莫名神奇，这着实不同寻常。很多被我从树上摘下并切开的栎实，外表看似完好，实则内里或一侧已经开始变色或腐烂，即便种子中并没有蛀虫。由于霜冻、干旱、潮湿和虫害，绝大部分栎实很快就会被毁掉。

乔治·爱默生在其珍贵的著作《关于马萨诸塞州树木和灌木的报告》中这样形容松树："这些种子生命力的韧性令人惊叹。在上方树林浓荫的庇护下，它们可藏于土地中多年依然保持不变。一旦移除森林，太阳温暖的光芒射入，它们便会立即发芽。"由于爱默生并未告诉我们他的这番评论基于何种观察，我不得不质疑它的真实性。此外，园丁的经验也使这种说法备受质疑。劳登认为，通过任何已知的人工方法，仅有极少的松柏种子可被保存超过三四年的时间，不过他说，海岸松（*Pinus pinaster*）的种子一般到第三年才会发芽。

有这样一些传说，比如和古埃及人一同埋葬的种子长出小麦，或者英格兰某位死者腹中发现的种子长出了悬钩子，这些故事多数不足信，因为证据不具说服力。

一些科学家如卡本特博士（Dr. Carpenter）曾用缅因州距海四十英里挖

海岸松
maritime pine

出的沙子长出滨梅一事,来说明种子已在那里掩埋了许久,一些人还据此推断海岸线已倒退了很远。不过,我认为,他们的论点若要成立首先需证实滨梅仅长于海滨。卡本特博士说这种植物"从未出现在海滩以外的地方"。在康科德镇,滨梅其实并不罕见,它们常出现在距海约二十英里处,我还记得本地以北几英里有片浓密的滨梅树林,那儿出产的滨梅每年都被运到市场出售。不过,我并不晓得滨梅能在距海多远的地方生长。此外,不论滨梅距海多远,它们似乎在沙质土地长得十分繁茂,并且我们附近唯一的一片沙漠就长出了一片滨梅。类似的反例都驳斥了上述那些记录在册的有名案例。

滨梅
beach plum

莳萝
dill

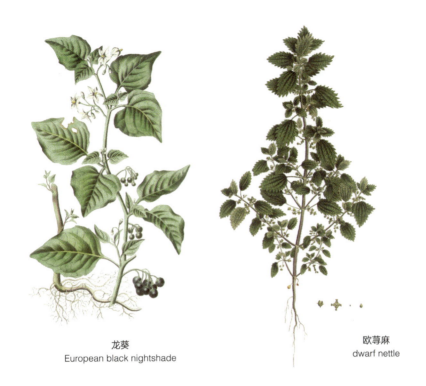

龙葵
European black nightshade

欧荨麻
dwarf nettle

话虽如此，我仍愿相信一些种子，尤其是小种子，在有利的生长条件下可保持活力数世纪之久。一八五九年春，本镇一座叫亨特屋的老宅被拆除，房子的烟囱上刻有"1703"这个日期。房子占用的地皮为马萨诸塞首任都督——约翰·温斯普罗（John Winthrop）所有，房子里有一部分显然比上述年份历史更为久远，它们也一并属于温斯普罗家族。多年来，我一直在这附近搜寻植物，我想我对这一带产出的植物还算熟悉。据说，不时有种子从地下不同寻常的深度被挖出，由此繁殖出久已绝迹的植物，这使我不禁想起去年秋天，那座房子里长期与光线隔绝的地窖可能有新的或稀有的植物长出。九月二十二日，我在那一带继续搜寻，在一些杂草中发现一种欧荨麻（Urtica urens），我之前从未发现过这种植物；还有莳萝，我没见过自发长出的；香藜（Chenopodium botrys），我只见过一处野生的；龙葵

（*Solanum nigrum*），在这一带也很少见；还有烟草，虽然上个世纪（十八世纪）人们经常在此耕种，但近五十年来它几乎不为镇上的人所知——几个月前，连我也不曾听过，本镇北部有谁栽培过这些植物用于自用。毫无疑问，这些植物部分或全部萌芽于久埋于房子下方或附近的种子，那株烟草就是此处以前有栽培过的植物的额外证明。今年，那座地窖被填满，上述植物中的四种——包括烟草在内——再度在该地绝迹。

第四十二章 辛勤的播种者——冠蓝鸦

我已就动物会采食大量树木种子进行了说明，确实，这起码能阻止所有种子都长成大树。然而，正如我所言，在所有类似情形中，消费者同时被迫成为传播者与栽种者，这便是它们向自然交纳的赋税。我记得林奈曾说，猪用鼻子拱土翻找栎实时，也同时在播种它们。

除此之外，还有其他各种方法来实现树种间的接替或取代。可能经常发生的一种情况是：一场大火烧毁一片继纯种松林而起的年轻栎松混合林，并烧掉了林中的每棵松树，而栎树却从树桩中再次长出。健忘或不细心观察的地主也许会惊讶地发现，那里竟长出了一片纯种栎树林。

另外，即便如栎实和坚果这样重的种子，也可以被急流运送至相当远的地方。我们经常于山谷的清泉中发现堆成小丘的栗子，它们由山丘冲入洼地，搬运它们的便是融化的雪水或雨水形成的小水流，即便如此，种子还是能被运输一小段距离。

若你偶尔穿过秋日的某片树林，你会听到一种仿佛有人折断树枝的声音，向上一瞧，你才会发现一只冠蓝鸦正在啄击栎实，或者你会看到一群冠蓝鸦簇拥在某棵栎树的树冠上方，听到它们摘下果实；然后飞到一根合适的树枝上，将口中的栎实置于爪下，忙碌地敲击栎实，发出一种类似啄木鸟啄击的声音，它们不时地四处张望以防敌人靠近,然后便迅速地啄向果肉,一点一点地啄起来,吞咽时头部昂起,而爪下始终紧紧扣着果实的剩余部分。不过,很多时候,鸟儿还未吃完,栎实便掉到了地面。

当天下午,我先在松林了挖了些栎树苗,便继续前往一片约二十年前从牧草地长出的北美乔松林。在那附近,我也发现了很多栎树苗。正要走出林子时,我突然注意到,林中一只冠蓝鸦冲我直叫,旋即它便飞向一棵长在草地、距松林边缘八到十杆远的高大白栎树。它刚于树梢降落,便立即冲向地面叼起一颗栎实,然后飞回了松林。显然,这也许是浓密的北美乔松林下方储满栎苗的主要原因。

再仔细一瞧,我注意到,那棵大白栎树对面松林里的小栎树几乎都是纯种白栎。通过观察附近开阔地或松林边缘生长的栎树种类,我便能较有把握地判断松林中哪些栎树苗长得最为繁茂,我不禁为此欣喜。即便栎树距离遥远又如何!想想冠蓝鸦往返得多么勤快,一天来回多少趟!

就在两天后,我正坐在距上述松林三公里远的另一座松林的外围边缘,看

冠蓝鸦
blue jay

到一只冠蓝鸦飞向六杆远外草地上的一棵白栎树，从地面衔起一颗栎子后便又飞回树上。它落于树枝，将果实置于脚爪下方，然后用鸟喙反复敲击果实，动作迅速又略显笨拙，跷跷板似的来回摇动——因为它只有将头抬得够高，才能获得必要的冲力。

总的来说，这个时节（十月），这是十分常见的景象。现在，冠蓝鸦轻快地穿梭往返于结籽栎树和松林之间。如果我去这附近所剩不多的几座老栎树林，很多情况下，迎接我的唯一声响便是由栎实吸引至此的冠蓝鸦的尖叫。并且如果我造访的是草地上孤立生长的白栎树林，就我所知，这些树结的栎实尤为丰盛，那么几乎每棵栎树附近的冠蓝鸦都会斥责我，因为我坏了它们的好事。

与此同时，在任意一个季节，在哪里还能比在一片茂密的松林更快地找到一只冠蓝鸦呢？一般而言，松林就是它们的栖息之所。由此，我便可证实威廉·巴特拉姆（William Bartram）致鸟类学家威尔森如下这段话的准确性：

> 冠蓝鸦是自然体系中最有用的媒介之一，它们可传播林木和其他具坚果以及硬核果实类的植物，这也是它们赖以生存的食粮。秋季，鸟儿们的主要工作是搜寻果实储存过冬的食物。为了完成这项必要的任务，它们在飞行途中丢下大量的种子，在翻越田野、树篱和栅栏时将种子丢落。经过一个潮湿的冬天和春天，你会惊讶地发现，田野和草地上有多少年轻的树苗破土而出！短短几年内，仅凭鸟儿之力就可使已被清理的土地再度覆满植物。

第四十三章　松树林里的栎树苗

在不同地点检视栎实苗的根和嫩芽也可为我们带来诸多启发。去年十月十七日，我取走几株约五英寸高、生于栎松混合林的红槲栎幼苗。它的大栎实

种子的传播　　129

侧躺在土壤中，掩埋在一层可遮蔽和隐藏种子的松散的湿叶下。地面以上的部分，从长度、宽度来衡量，要比根部粗壮。栎苗的根部在栎实下方陡然后弯，如图 a 红槲栎树苗芽与根的伸展形态所示：大栎实仍然十分完好，所以我相信它不仅可提供植物第一年生长所需的大部分营养，而且于第二年也必定可提供一些给养。

一八六〇年十月十六日，我在柯南特的一座刚松和北美乔松混生林中挖了四株栎树幼苗，整片树林中最大的一株约有一英尺高。

第一株为红槲栎，也有可能是猩红栎，它显然已有四岁。它的栎实位于地表树叶之下约一英寸的位置，超出地表以上的部分约五英寸，根部深入地下约一英尺。

红槲栎
northern red oak

a

美洲黑栎
eastern black oak

　　第二株栎树苗为美洲黑栎，地表叶子之上的部分长至六英寸（或八英寸，沿着茎量）。这株显然也有四岁了。不过，它的分枝更密，顶端部分去年曾被兔子咬过，根笔直向下延伸约一英寸，然后朝着近乎水平的方向延伸了约五六英寸。当我试图将它拔起时，它在地下十六英寸深、不到八分之一英寸粗的地方断掉了。在靠近地表的位置，这株栎树苗约四分之一英寸粗，而在地下五英寸深的地方则接近四分之三英寸粗。此外，在地表以上的同一高度，即地上五英寸处，它的直径几乎不及五分之一英寸粗。

　　第三株为白栎，十英寸高，明显树龄已有七岁。它也曾被兔子啃咬过，于是冒出了新芽，最初前两年的生长部分埋于叶面下。它的根部同前一株栎苗在生长方向和形状上十分相似，不过没有那么粗。

　　第四株栎树苗为冬青叶栎，和其他幼苗十分相似，虽然它要更细一些，一根主茎上发出两三根嫩枝。

所有这些幼苗中，特别是前三枝，都有一个纺锤状主根，有些出乎意料的大，你会觉得它同植株顶部看起来不太相称。这根在地下四五英寸处最粗，然后朝两端渐渐变细——不过，当然，最远、最细的根向下延伸，并在根的四周约略水平的方向冒出许多纤细的须根。正如一株两年生植物会将其第一年的能量主要用于长出能在次年供给养分的主茎，由此，这些小栎树也会将头几年用于长成这些粗壮、肉质且富有活力的大根，这样它们就可以在萌芽林地寻到生长机会时从中汲取能量。

第一次就挖到这些健壮、形似胡萝卜的栎树根，任谁都会分外惊喜，这便是大自然为森林更迭准备的特殊储粮。这种根为年轻栎树独有，特别是地面之上的部分有意外发生时，此根可用作一种供给资源。他还会惊讶地发现此根很有韧性，这些看似短小且羸弱、不足乌鸦翎毛粗的细枝竟能牢牢地扎在土地中，这是因为它的根并非像胡萝卜般径直插入地面，而是在栎实以下的部分朝着约莫水平的方向延伸两到六英寸，它通常并非呈直线，而是转半圈或一圈，好像一副把手不超过六英寸的曲柄钻——接着，在达到最粗之后，便径直朝下延伸开来。我带回家二十二株不同种类的栎树幼苗，一有空便仔细观察它们一番，我发现其中没有一株的根直接垂直向下延伸，而是全部在栎实之下的位置偏向一侧，然后朝着约莫水平或略有偏斜的方向延伸一到五英寸，或者说平均延展约三英寸的距离。另一株幼苗，如果从上向下看的话，你会发现它转了两个弯，从侧面看则转了三次弯，而且根扎得很牢——所以，每次根尚未被拔起上面的枝叶就已断掉。我认为这些根的第一个横向转弯，来自幼根在栎实地下弯回的姿态。栎实在栎树涨到五六岁时，仍然较易分辨。

栎林和松林之下的栎树幼苗截然不同。前者不仅数量稀少，而且年岁较长，根茎也更为腐朽病弱；从这样的根冒出的新芽自然瘦小羸弱，经常匍匐生长于树叶之下。十月十七日，我在华伦家山丘林地上一片约二十到二十五岁的纯种栎树林中发现大量不足一英尺高的小栎树；不过仔细观察后我发现，比起松树林,这里的实生苗显然更少。这些小栎树多半萌发于树叶下横生数英尺的树枝末端,而那树枝则同地下的一株老旧残根相连——那可能是一株更老、更大且更腐朽的实生苗。这里的"实生苗"指由种子萌发而来的栎树苗,不过它地面之上的部分从来不及地表之下的部分大小。

爱默生家林地的东南部分主要为栎树,我仔细查看了两株非常细瘦的栎树嫩茎,它们长至落叶地面以上约八英寸处,顺着它往下探便发现一小段残根,起初我还以为这是一截老根或大树的某个部分;然而继续向下挖才发现,这是一株实实在在的实生苗,拥有常见的纺锤状主根但较弯曲,约十五到十八英寸长,至少八分之七英寸粗,而最长的嫩茎仅有八分之一英寸粗、十英寸高。这株栎树实生苗六年前已经死亡,然后这两根栎树嫩茎——就像你在一座老树林经常看到的那样——就冒了出来。实生苗的部分死亡时,它的根大概十岁,现在算来约有十六岁。然而,正如我提到的,这根栎树嫩茎仅有十英寸高。所以,它仅能勉强存活,后来也渐渐衰败了。

至于我挖到的那些树苗:前文提及的那个下午,我动身前往松林和栎林各采十株幼苗,我将那些小树苗带回家,空闲时便比对一番。如我上文所说,有三株栎树幼苗来自栎树林。最小的一株和松林里的幼苗类似,不过其余两枝有着尤为老旧、较大且不规则的扭曲根部,呈多瘤的椭圆形疙瘩状,发出的嫩茎死过好几次。你会以为自己碰到的是一截死气沉沉又被掩埋的树桩。又例如,最大的一株为红槲栎,它的嫩茎约九英寸高,在地面的位置为八分之一英寸粗,明显有三岁。它的根部断于地面之下十八英寸、约八分之一英寸粗的位置,而在地下三英寸处,这根部则有一又八分之三英寸粗。侧边或水平方向的两三条须根中,一条为一英寸长,另一条则呈扁平状,它们已经长成粗跟,朝水平的方向延伸了二十英寸长的距离,而这些也都断掉了。显然,这两条须根同主根一样长,其中一条在地下三英寸处半英寸粗并朝着完全水平的方向延伸。就这样,这株栎苗牢牢地扎在了土地中。

我统计了先前死亡的残枝或嫩茎基部,其中几枝为现存嫩茎的两到三倍。

如果同一时间只能存活一枝且仅存活三年后就会相继腐败，那么这条根现今已有三十岁。不过若是一次可同时存活一截半嫩枝，那么它的根大约二十岁。总的来说，我猜测这条根可能不如它周围的大栎树那般年长，约莫二十五岁。

据我的经验，我认为，从栎树林破土而出的短嫩枝条虽然常被认为来自大树的根部，但其实出自这些在地里腐烂的实生苗幼根。

我从刚松和北美乔松混生林共取出十九株实生苗，包括白栎、冬青叶栎、美洲黑栎，也许还包括红槲栎，平均高度为七英寸，而根的平均长度为十英寸，最粗处可达八分之三英寸。这其中相当一部分为冬青叶栎，这多少可以解释为何这批栎苗长得如此细长，不过最大的几枝也不如我从前常挖到的那些粗壮。现存嫩茎的平均年龄为四岁，不过半数以上至少死过一回，所以它们其实比乍眼看去来得更老些。在接近地面处，这些幼苗都有一圈休眠芽"蓄势待发"，当原先的嫩茎受伤时休眠芽便迅速抽出枝叶来。

至少会有一根嫩茎被兔子咬断或杀死，这是十分普遍的现象。

极少有栎树苗从栎树林下冒出的另一证据是：在所有的老栎树林中，比起较为年轻的栎林，鲜少或几乎没有林下灌丛，即便你身处一片浓密的树林，仍可在任一方向自由行走。

那么紧接着产生的问题是：为何栎树林中的栎树苗相对较少且十分病弱？

第一，可以确定的是，一般来说，就供给栎树苗生长而言，老栎树比老松林中的土壤损耗更为严重。卡本特在提及树叶的一种有害分泌物时说道："鲜少有植物能在山毛榉落叶形成的土壤中生长，并且栎树……使它根部附近的土壤注满了丹宁酸，以至于很少有树木可在栎树被根除的地方生长。"很明显，这种分泌物对松树并没有什么损害。

第二，在春季也就是栎树苗刚抽叶的时节，栎树林下的栎树苗很难免遭霜冻的侵害。不过，从根部抽出的嫩芽依然到处可见，这也许是因为栎实、小栎树和松树都喜温暖，松林中的土壤也不如栎树林这类落叶林中的土地冻得硬。

第三，松鼠和冠蓝鸦会将它们的"粮食"搬运至常绿林，并且栎树结的栎实不多，而这些小家伙几乎可能搬走所有完好的果实。

这是我目前想到的一些原因，不过我仍然并不十分明白。

第四十四章　栎树的最佳保姆

几年后，如我所述，栎树类的硬木林显然发现这样的地方不利于其生长，因而松树得以矗立。举例来说，我在上述提及的第一座松林中发现一株二十五英尺长的红花槭，这是树林里唯一的一棵红花槭，虽然上面覆有绿叶，但前阵子已倒卧于地，一副似乎被风吹倒的模样。此外，在另一片树高超过二十五英尺的刚松和北美乔松混生林中，我发现和松树一同种下的糖槭已经垂危。

我想知道栎树苗在松林中究竟能存活多久，于是便前往鹞巷旁的一座刚松林检视。结果发现，松林最浓密处的栎树苗最老可达八到十岁，虽然它们生长于一处仅有一杆宽的狭小的林间空地。那里的松树瘦弱些，而栎树苗却拔地而起，并逐渐长成大树。我在康南特那片刚松和北美乔松混生林发现的一棵树龄最大的美洲黑栎约为十三岁。我在这些和其他树龄甚至可达三十岁的浓密松林中，再也未找到比它更老的栎树，即便我毫不怀疑，这些树早在二十多年前就已于此地生长了。因此，它们一定死了，我想如果试着挖掘，应该可以在土壤中找到它们已经死去且正在腐烂的硕大根部。

在梅瑞安姆的一片面积更大且林下地带十分开阔的北美乔松林中，我注意到最老的栎树苗有五岁，六英寸高。我认为，栎树苗在一片非常浓密的松林中仅能存活六至十年的时间。然而，当你砍掉那里的松树，这些栎树苗便会迅速蹿起并占据松林的地盘。为了查验砍伐松林对下方栎树苗产生的影响，我于十月三十一日造访郝斯莫的刚松林，发现林中一部分松树已在前年冬天被砍伐。显然，在林间清空的土地上，栎树以全新的活力萌发。

暂且忽略根部的萌蘖苗，虽然它们也未被砍伐。我仅测量了今年最早的四株高度不足一英尺的栎树苗的生长幅度，发现其平均长幅可达五英寸半。而在邻近的松林中，同种四株栎树苗的平均长幅仅为一英寸半。你可以发现，这种测量方法对于已清理过的空地并不公平，因为我还应计入那些更高的嫩茎——毫无疑问，其中的绝大多数都为实生苗。虽然如果松树不被砍伐，这些栎树苗多半会逐渐死去，不过有了松林的庇护，它们也许获得了几年不错的生长光景，因而长势超过其他任何地方。

值得注意的是，经过广泛而彻底的实验，英国人最终采用了类似这样种植栎树的方法，而这种方法，某种意义上，早已被大自然和它的小松鼠们采用实施了。一两千年前，大自然无疑在大不列颠各个岛屿上开始实践这样的方法；而英国人，不过是再度发现了松树可作为栎树苗保姆的价值。多年来，他们一直在耐心、专注地开展大规模的实验，却又不知不觉间逐渐回归自然的法则。

在劳登的《植物园》，我找到了一段对这些实验有趣且详尽的描述。他们似乎早就发现了将某种树木用作栎树苗圃的重要性，因为"栎树的幼枝和嫩叶难抵霜冻侵害"。首位论及这个主题的作者发现"桦树是最适合充当屏障的树种"，并且正如我们所看到的，桦树已然成为大自然选用的树种之一。作者还发现，在山地较贫瘠的地方种植荆豆花可有效地保护栎树，这是因为尽管荆豆"看似有时会扼制栎苗生长，但过了几年之后，我们通常会发现，最佳的栎树就长于最健壮的荆豆苗床里"。其他人还使用了欧洲赤松、落叶松和冷杉，不过最终发现欧洲赤松——一种同刚松十分相似的树种——被认定为可防护栎树苗的最佳品种。劳登在其著作中这样写道："有关种植和保护树木的最终结论——摘录自英国政府在国家林业管理的实操精华，由亚历山大·米恩（Alexander Milne）编写。"

起初，一些栎树苗和栎树一起种植，其余的则同欧洲赤松混合种植。不过，米恩说：

> 虽然松林中的土壤质量可能差些，我们发现，所有种植于松林、被松树环绕的栎树苗长势更好……过去几年，一直采用的计划是只用欧洲

赤松种成围篱……当松树长至五六英尺高……便将长了四五年的健壮栎树植株移植到松林中,起初不要急于砍掉任何松树,除非那些树过于粗壮以致遮蔽了栎树苗。约莫两年后,就需要修剪松枝为栎树提供更多的阳光和空气。再过两到三年,就可以开始逐步将松树移除,每年取走一定的数量,这样二十或二十五年过后便不会留下一棵欧洲赤松,尽管开始的前十年或二十年,种植园里似乎只有松树。这种种植方法的优势在于:松树可保持土壤干燥并有效改善土壤质量,消灭那些经常遏制或损害栎树苗生长的粗草和悬钩子植物;并且后续无须补植,因为这样种下的栎树苗几乎没有衰败的。

就这样，通过耐心的实验，英国的种植者们发现了不少奥秘，据我所知，他们还为此拿到了专利。不过，英国人似乎并未发现，这其实不是奥秘，他们不过采用了大自然的方法，而在很久之前，自然早已将这"专利"赠予众人了。无须我们的知识传授，大自然一直坚持在松林中种植栎树苗；然而，我们非但没有派政府官员去研究学习，反而送去一批伐木工人砍掉松树，希望借此拯救栎树林，我们为此还纳闷，似乎这栎林从天而降。

非但如此，英国人丝毫没有意识到他们并非原创者，他们的"技艺与计划"与未受任何协助的大自然的做法相同。在上述摘录出处的一篇文章中，当"史匹屈里先生提及他的发现——栎树苗非但没有被长在它们之间的高大草类伤害，还得到了增益"，作者在此处评论道："这似乎有违植物的天性，必定不应成为普遍遵循的做法，因为这些高大草类定会阻碍阳光和空气对栎树苗枝叶充分发挥作用。"他接着写道，"这应被确定为一条规则，即在所有的栽培过程中的每一步都应符合技艺和计划的规范，并且任何事物都不应由不受协助的大自然任意发展，至少我们应尽可能减少这种情形。"对于这种评论，我们不由感到惊诧。评论者没有意识到，他所说的"技艺"和栎树林最初的创造者和耕种者相同，所以他们发现的最多算是一门失传的技艺。

我们会发现，当英国人开始修剪松枝和桦树或者将它们全部移除时，此时栎树苗的树龄明显同栎树苗可在松林下存活的时间一致。

如果有人说，毕竟小动物们在松林里播种不了多少栎实，其数量很难抵得上砍掉松林后长出的栎树苗，也就是能达到足以占据地面的程度。对此，我首先要表明的是，英国官方建议每英亩播种的栎实数量应在六十到五百之间，平均算来为二百四十个，或者说，一杆内一个半栎实，即便最终每杆内留下的栎子数量可能不超过一个，若想要它们长成大树，则需播种的栎实数量会更少。

在本镇最浓密的栎树林里，通过统计其中的一块土地，我发现每英亩的树木不超过一百八十棵或每平方杆一棵多一点，由于受密度所限，这些树一般不会特别高大或伸展。而当它们越发强壮或伸展枝叶时，所占据的空间要远大于此。据我们观察，年轻栎树大约可存活十年，那么请读者试想，对小动物而言，它们有十年的时间去种植许多这样的松林。因此，如果一块林地约一百平方杆大小，只需每年播种十颗栎实，若每颗都能成功发芽，那么十年后，每平方杆土地就会有一棵栎树。这样或任何类似的情况都意味着播种者无须进行大量的劳作。一只花栗鼠只跑一趟，就能在颊囊内搬运足够一年的栎实。

总之，我们发现小动物们播种的栎实要远多于此。

第四十五章　栗树的秘密

十月十七日下午，我动身出发，想去查明栗树是如何繁殖的。这些树在这一带一直不如栎树、松树那样普遍，也就是说，后者分布更为广泛；尽管栗树正在形成大片的栗树林，但它们仅限于某些地方。可以肯定地说，任何被砍伐的干燥林地的表面很快将再次被栎树或松树覆盖，但如果我们期望那里会出现栗树，那一定是个不寻常的地方。

此外，这里的栗树在过去十五年里迅速消失了，广泛用于铁路枕木以及栏杆、木板和其他用途，因此现在它相对稀少且昂贵；如果我们不采取非常规措施，这棵树很可能会在此地灭绝。

如今，最近的栗树林位于康科德镇中部东南方向约一英里半的地方。一开始，我穿过镇子南面的空地和草地，走到大约一英里远的地方，我来到了一片广阔的栎松混合林，继续朝东前进约半英里，在靠近林肯郡界的地方，几棵栗树开始出现。

一走进树林，我就开始四处寻找栎树苗，而我很快就在一片几乎纯种的栎树林中发现一簇六英寸高、紧密生长的小栗树，这着实让我感到惊喜。我将手放在下面，分外轻松地将它们连根拔起——这是四棵两岁的栗树，其中几棵在头一年几乎枯死，但现在长得颇为茁壮，原先的四颗大栗子还依附在根上，但已经没有芒刺；栗树下方还有四颗小栎子，也长出了两岁的小树苗，不过值得注意的是，这些栎树苗不是已经死亡就是垂垂欲危。这八颗坚果的直径都在两英寸以内，位于现今落叶地面之下约一英寸半处，埋于一层稀松且已半腐的叶泥之中。我毫不怀疑地相信，它们是两天前被一只松鼠或一只老鼠埋在那里的。

在这附近，你很难辨认出一株栗树幼苗，而我也不记得以前曾见过这个年龄的树苗，尽管我可能确实见过。我这次特意前来寻找栗树苗，但没想到这么快就找到了。这就是寻找一件东西和等待它来吸引你注意的区别。在后一种情形中，你对它毫无兴趣，而且可能永远也看不到它。

花栗鼠
eastern chipmunk

然而，看到这些栗树幼苗，我很惊讶，因为据我所知——我很熟悉那片树林——距离该地约半英里的地方没有任何结籽的栗树，我还是更相信能在自家院子的人工松树丛里找到栗子。不过，有可能的是，短短几年内，一两株先驱实生苗已在比那近得多的地方结出第一颗果实。无论如何，没有哪个熟悉这片土地的人或地主相信，有颗栗子会埋于林地或其旁一段距离内的叶泥下方。然而，根据我一直以来的观察，我坚信，四脚兽和鸟儿们至少搬运了几百枚这样的栗子。

这些小栗子，连同我从那以后仔细观察过的三四颗同龄栗子，都没有小栎树的那种硕大根部。

我越过山丘溪谷继续前行，穿过一片松栎混生林，朝林肯郡迈去，睁大眼睛，努力寻找着栗树，也顾不得它们是否准备"呼唤"我。我发现许多两三岁大的栗树幼苗，有的更老一些，甚至有十英尺高，分散于四处，距离栗树林愈近，幼苗的数量也变得愈多。应该说，平均每六杆的距离就有一株，它们那黄色的树叶在棕色地面的映衬下显得愈加分明，这使我更加惊讶，因为我之前从未注意过栗树的生长蔓延。这里的每株树苗都来自某只鸟兽放在那里的一颗栗子，它们从遥远的东方将栗子带到这里，在那里它独自生长。我们可以发现，这些栗树幼苗同栎树类似，在茂密的北美乔松林下数量最多，例如位于布里斯特泉的那片松林。

有人向我表达了他们的惊讶，因为他们找不到可以移植的栗树苗。我自己也一直希望能得到一株十二岁的栗树苗，于是我花了两天时间在广阔的栗树林中搜寻，却没找到一棵我认为是幼苗的栗树。与年轻栎树类似，栗树林中的幼苗不仅更难辨别，而且比在邻近的松栎混生林中寻找幼苗要难得多。在这种情况下，我最终被迫回到我们自己的混生林，在距离能结籽的栗树四分之一英里远的地方取下一株栗树苗。

简而言之，在寻找这些栗树苗和栎树苗方面积累了相当的经验后，我学会了略过栗树和栎树林，只去松树或有其他树种的邻近树林寻找它们。只有这种方法才能奏效。

你会发现，松鼠和其他小动物会为了栗子而非栎实而行进更远的距离，这是因为栗子更稀有。我猜测松鼠有时能把它们运到四分之一英里或半英里外。一只松鼠可能像男孩子般采食栗子，当它们到达目的地，不必摇动或敲打树，也不必等霜冻把栗子刺果打开，而是直接走向刺果，在刺果尚未打开时将其咬下，掉落地面。林中的果实愈少，便愈能确定小家伙们会带走每一颗栗子，因为对松鼠来说，这不仅仅是一顿短暂的午后美味，而是它毕生的事业追求，就像农人收获庄稼般踏实坚定。

毫无疑问，一旦一株十五到二十英尺高的栗树苗被它的松鼠媒介带到栗树林之外的松林和栎林中，并长出一颗刺果，而此时人类尚未发觉，那么松鼠或鸟儿必定会采集，种于附近乃至更远的地方——栗树林便如此向前拓展并逐渐取代另一树种。

那么，对林地的主人而言，重要的是要知晓那里正发生着什么，并妥善地对待林地和松鼠。他们几乎做梦也想不到如今这样的情形，他们仅着眼于眼前的利益，也从未料想过，他们称之为林地的未来会是怎样。他们也许自有一套对那些土地的规划，不过从未考虑到自然的设计又是如何。只要明智地不去打扰大自然，我们也许能在一个世纪的时间跨度内恢复我们的栗树林。

在你敲打晃动栗树时，冠蓝鸦会尖叫，红松鼠们会大声斥责，这是因为它们在做着相同的差事。我经常看到一只红松鼠或灰松鼠在我穿过树林时扔下一枚未熟的栗子刺果，有时我会想，这也许是它们故意抛给我的。事实上，小家伙们在栗子产出季忙得不可开交，你在林中站立一段时间，便能听到栗子掉落的声音。一位猎人曾告诉我，前天，他曾看见一颗绿色的栗子刺果落在我们的河岸草地上，那里距离附近最近的树林约五十杆远，而最近的栗树则要更远，所以他无法判断这颗果实是如何来到河岸草地的。

仲冬时节，我会偶尔采摘些栗子，这时我发现三四十颗坚果堆放在一起并掩埋于树叶下，这是白足鼠（*Mus leucopus*）留在自家地道的。有人告诉我，

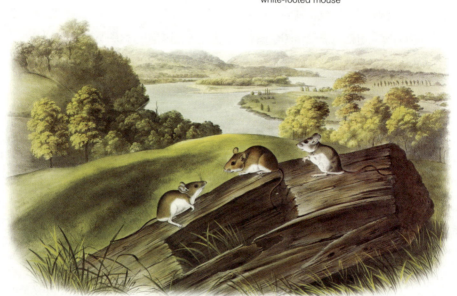

白足鼠
white-footed mouse

① 配克为粒状物的容量单位，在英制单位中，1配克合9.02升或2加仑。在美制单位中，1配克约合8.809升。

他的小子在二月里发现多达一配克①的栗子，同样埋在叶子下，堆放在一起。据他说，这是花栗鼠放在那里的，他曾见过它们吃那些栗子。还有人告诉我，在林中利用爆破开辟沟渠时，在岩石的裂缝里发现了将近一蒲式耳的栗子，那是松鼠的囤粮。

第四十六章　栎树森林的播种者

是的，这些茂密而绵延的栎树林横亘在新英格兰绵延数英里的土地上，枯叶染红了山坡，沙沙作响，而这些都依靠动物们的劳作而播种。经过几周的仔细观察，我不由得出这样的结论：现如今，迟早会有栎树苗冒出，不是从栎实从树上掉到地面的位置——这是偶然才有的情况——而是在动物丢下或放置果实之处。

想想这些森林种植者的工作多么庞大！就我们最壮观的硬叶林而言，动物，尤其是松鼠和冠蓝鸦，是我们最重要且几乎唯一的恩人。正是得益于他们，我们才能得到这份礼物。松鼠几乎生活穿梭于每棵林木、每块空心原木、每一堵墙或石堆里，它们的辛苦并非徒劳啊。

因此，有人会说，我们的栎树林虽然辽阔且必不可少，但其实是由某种"意外"产生，即动物们未能全部收获它们辛勤采摘的果实。然而，谁能说它们对自己的劳动价值一无所知呢？当松鼠播种栎子，或冠蓝鸦爪下有颗栎子滑落，此时的它们难道就没有对后代任何短暂的念想？这念头至少足以安慰它们的果实损失。

然而，我们又是怎样表达对松鼠的感激呢？暂且不提其他动物。这些森林的播种者，这些世世代代的阿瑟尔公爵们，它们早已查明栎树长于多高的山，多低的谷，又可延伸至多远、多广袤的平原。它们在我们的津贴名单上吗？我们对它们的服务有过任何形式的认可吗？它们被视为祸害。农场主只知道松鼠偶尔会在他家林地附近的田地里取走他的留种玉米，也许每到五月还会鼓励他的小子们射杀松鼠，并为此提供火药和弹丸；而也许，这些松鼠正在播种的是更为珍贵的栎实。在内陆，人们每年秋天都会大规模地猎杀松鼠，几小时内就有数千只生命死去，而所有乡亲都为此欢欣鼓舞。如果我们每年通过象征性的仪式来表彰松鼠在自然经济中的作用，我们的行为方能彰显文明，合乎人道。

在我们的现行制度下，最为高贵、培育时间最长且寿命也最长的树种——如栗树、山核桃树和栎树，会首先灭绝且很难再生。它们的土地被松树和桦树占据，因为土质缺乏改变，比起原生的松树和桦树，这些树木也更为羸弱。现在许多地方的桦树或栎树刚长到四分之一时就长满了真菌和树瘤，垂垂欲危。而在过去两个多世纪以来，那里长满了高大的栎树和栗树。

即便时机还未成熟，这天也将很快到来——那时我们将不得不费心保护和培育白栎，就像我们现在对待大多数栗树那样。否则，这些栎树将分布得过于

主红雀
northern cardinal

无毛山核桃
pignut hickory

分散,以至于没有足够的种子进行迅速而充分地播种。

栗树林中的观察还表明,你无法在一个地区种植一种树种,除非你乐意亲自栽种。如果松树林附近数英里内没有栎树生长,那么松树下的地面当然不会满是小栎树,你就只得自己在那里种植栎树了,否则就得忍受仅有的松树了。宁可拥有只有五十英亩却长有不同树种的狭小林地,也不要有覆盖整个镇子但树种单一的林地。

至于这些栎树的种植者,我从未碰巧见过松鼠播种或埋藏栎子,不过在秋天,我几乎每天看见这些小家伙们忙着运送栎子,又瞧见它们将果实放于某处,然后存放在某地的凹洞里,就像每位日常造访树林的人都会看到的那样。当你开挖沟渠时,便能经常发现几枚新鲜的栎实埋于草地下一两英寸深或栎林附近的灌木丛间。几乎每位细心观察的农场主每年都会发现这样一笔"存粮",起初似乎看起来有些奇怪,但若和邻里们交流一番心得,就会发现这其实是种规律。不过,需要注意的是,为了使栎实可以在常绿林中萌芽且茁壮生长,栎实无须掩埋,只要将其运送至树林中然后丢在地面即可。例如,我在十二月三日找到的每一颗健全完好的白栎果实都已将其幼根伸入地面,不过落在开阔草地上的栎实则已大部分死亡。在林子里,栎实很快就会覆上一层落叶,在那里它们得以保持湿润,得到庇护。

秋天,我经常在镇子四周老栎树林里或附近的地面发现几截三四英寸长的粗壮栎树枝,上面挂着半打空壳斗,为了更方便地搬运果实,松鼠已把坚果两侧的短枝啃掉。

松鼠不了解也不愿尝试严冬挨饿的滋味,因此它们在秋天一直忙着四处觅食。每座浓密的树林都是它们防备不时之需的粮仓,于是在自家仓库里尽可能多地塞满了各种各样的坚果和果实。你在这季节会看到松鼠沿着篱笆敏捷地来回跑动,频繁地停在木桩或石头上,尾巴高举过头部挥舞着。你也许会看着它跑二三十杆远,小家伙嘴里可能正含着一两枚坚果,正要将它们搬到那边的灌木丛里。

由于松鼠赖以为生、经常采食的树种并非一年生植物——这点和供应我们主食的小麦不同,因此每年秋天,小松鼠们采摘、运输及播种坚果、栎实等果实的有益工作则显得尤为必要。如果今年小麦歉收,来年我们只需多播种,迅速收获;但如果森林只按树龄长短为间隔期种植,一旦发生火灾、枯病或虫害,则会有歉收和饥荒之虞。重要的是,在树木生长的每个阶段都要有无数棵树,并且还要像小麦那样年年种植。那么想象一下,松鼠们要做的工作何其多,待播种的土地又是何其广!

尤其在冬季,降雪更让人们直观地感受到了坚果运输和播种这一工程的强度。在几乎每一片树林里,你都能看到红松鼠或灰松鼠在上百个地方,用爪子刨开积雪,有时甚至可挖到两英尺深,而且几乎总是能径直挖到坚果或松球,

美国白栎
white oak

  动作敏捷得仿佛它们一开始就来到果实掩埋的位置，然后向下开挖——这通常是我们难以做到的。对我们来说，未降雪之前找到一颗果实也很难。一般来说，松鼠肯定在秋天就将果实存在那里了。你会好奇，到底是它们仍记得自己存粮的地点，还是它们凭借气味寻找果实。

  红松鼠通常在常绿灌木丛下的土壤洞穴里过冬，经常将住处选在落叶林中的一小丛常绿灌木丛里。如果距离树林较远的栎树或坚果树仍然保有果实，那么小家伙们便经常往返于果实和树林之间。因此，我们不必假设有一棵栎树矗立于林中以供松鼠播种，在林子方圆二三十杆远的距离内有几棵树结果，便已足够。

  得到"战利品"后，松鼠会找一个干燥的地方将果实打开，那儿可以是一根落下的树枝或从雪地上凸出的树桩，也可能是大树的弓背，又或者是某截有松鼠经常停留的、从树干长出的低矮残枝，还也许是它们洞穴的入口。确实，这些球果和坚果都已变黑，而且据我观察，通常这个时节里只有发育不全或空壳的种子。然而，小松鼠们却依旧耐心地剥着种子，它们也显然找到了一些完好的。雪地上四处散落着空心和被丢弃的种子，还有一些果鳞和果壳碎片。

这样一来，留在地面或埋于地下的坚果被放在了最适宜发芽生长的环境中。我有时也想知道，那些仅落于土地表面的栗子是如何播种的，不过到了十二月底，我发现这一年先落下的栗子已和松土相混，就如同埋于腐烂发霉的树叶下一般，种子可获得一切所需的水分和养料。在盛产的年份，大部分栗子上方覆着一层约一英寸厚的松散树叶，当然，这对松鼠来说藏得有些隐蔽。一年冬天，栗子丰收，一直到一月十日，我还用耙子耙下了不少夸脱①的坚果，虽然当天在商店买的坚果有一半以上已经发霉，但这些位于潮湿发霉腐叶下方的坚果却没有一颗如此，它们还被降雪覆盖过一两次。大自然知道怎样包装它们才是最好的。这些种子依然幼嫩饱满，到了春天，它们全都发芽了。

劳登说："如果要将坚果（欧洲的胡桃 Juglans regia）越冬保存以便在第二年春天种植，它应该一经收集就马上连壳放于腐土堆里，整个冬天还需经常翻动。"这里，作者又在偷大自然的点子了。不过一个可怜的凡人又怎能不这样做呢？她 [自然] 找到了想偷的对象，还有那待窃取的宝藏。多数树木种子播种的时节，最好的园丁所做的不过是跟随自然，尽管他们可能并不知晓。一般来说，只要用圆锹的背面将种子敲到土里，然后覆上叶子或稻草，不论种子大小，必定能成功发芽，茁壮生长。

植树者所发现的这些成果，不禁让我们想起了肯恩和他的同伴

① 1 夸脱：国际常用液体或固体的容量单位，1 夸脱约等于 1.1365 升。

们在北极的经历,他们尝试学习如何在极地气候中生存,却到头来惊讶地发现自己在不断地效仿当地人的习惯,最后变成了地地道道的因纽特人。所以,在我们植树造林的探索实验中,我们最终发觉自己不过是在效仿自然。若一开始就请教大自然不是很好吗?她是我们当中——包括阿瑟尔公爵（the duke of Athol）在内——知识最为广博且经验丰富的播种者。

雪一融化,松鼠就去寻找栎子了,而且收获往往更丰。一八五五年五月三十一日,我发现,松鼠大量采食过栎实的地方在雪融化后便裸露出地面。一些地方的地面上到处散落着刚刚剥落的果壳和啃啮后留下的碎果肉。

未曾留意过这个问题的人,也许会认为动物的媒介作用不足以解释这般广阔土地上进行的日复一日的播种,就像我们纳闷春日里所有的苍蝇、昆虫都从哪里来一样。这是因为我们不曾跟随它们来到过冬处,并清点它们的数量。不过,可以确定的是,大自然确实保护和繁衍了大量的苍蝇种族,且并未增添新的创造,只是我们从未留意或早已沉沉入睡。

我们必须留意动物在哪里。松鼠常出现在盛产它们食物的季节。比如,在你的院子里种一棵栗树,这棵树如果种在村子的外围,待它开始结籽且栗子成熟时,每年便会迎来树林里的松鼠。有人在屋前的榆树上养了一些半驯化的红松鼠,他发现这些小家伙们六月便会跑去屋后的树林（以刚松和冬青叶栎为主）,待九月核桃成熟时返回。难道它们出去不是为了榛果和松子吗?还有人告诉我,他养的一只灰松鼠每到夏天便跑到树林,到了冬天才回到笼子里。

在这附近,看到坚果和松子就知道会有松鼠出现,而松鼠出现也暗示着附近有坚果和松子。去年秋天,我造访了这一带三座主要的老栎林,或者说,方圆八到十英里以内为我所知的栎林。我无意中发现,灰松鼠尤其喜欢造访这些地方,甚至几个同我聊过的人都以为我是专门来寻找这些松鼠的,其中一位还说起了不少有关那座距离最远但最为有趣的树林的信息,他以前常去那里捉灰松鼠。在三座树林里,我都能看到松鼠用叶子做成的窝,不过在最近的林子里,一只红松鼠是我唯一能见到的动物,而冠蓝鸦的叫声是我唯一能听到的声

种子的传播 149

壮核桃
butternut

美洲隼
American kestrel

音——毫无疑问，它们都受栎实的吸引而来。事实上，灰松鼠的捕猎者才是造访这些树林的常客，他们并非为了林子的美丽而来。此外，还有两座树林是鸽子的聚集地，原因相同，我在林子里看见好几处鸽子的栖息地。拥有其中一座树林的地主是个捕鸽能手，他坦言，那座树林近年来之所以被允许继续存在，是因为它为鸽子提供了食物和庇护。

第四十七章　坚忍顽强的山核桃树

虽然我曾见过一只松鼠播种山核桃，不过我还不是十分确定，长于开阔地上的年轻的山核桃幼树丛是在怎样的情况下被播种的。

为了使大地覆上树林，大自然持之以恒地努力着，这不禁令人惊叹——譬如，一些树木的残干和根部虽然幼小，但它们的生命力是多么充沛啊！我正好今天下午检视了史密斯山丘一座光秃秃的山坡上生长的小山核桃树，那里每隔几英尺就冒出一英尺或更高一些的小山核桃树。我发现，过去的十多年，这些小山核桃树在努力覆满这片原本裸露的草地。我不禁好奇种子是怎么到达那里的，因为它原本不仅是一片裸露的草地，而且它的中心距离任何结籽的树都相当远。如今，这些小树已连绵了四五十杆远，高度从一两英尺到六英尺以上不等，在一些地方已然形成一片片浓密的小树林。

再仔细观察，我发现它们都曾经死去或被砍倒，而且有老根。将这些树连根拔起几乎不可能，因此要仔细观察它的根部很难，我记得春天有人犁过这座山坡的上半段，兴许我能找到些被拔出丢弃在一旁的山核桃树幼苗。确实如我所料，那里有不少可供检视的样本，没有几千也有上百，每株幼苗的根部都要略大。这些幼苗虽然平均只有一到三英尺高，但地下的部分可达两英寸粗，我断定这些幼苗可能有十五岁了。用公牛和犁把那块地犁开打散，一定是很辛苦的工作。

我选了一株大一些的山核桃树幼苗，它看起来很健康，但把它锯断后发现这株幼苗已几近死亡。新长出的部分有四岁大，它曾被砍过，只剩下一截残桩，上面显示有另外五圈年轮。我并未检视地下的部分以探究它的树龄到底是多少。目前，据我观察，这株幼苗新长出的主枝已完全枯萎，显然它因霜冻而死。这样的情形十分普遍，除非幼树已经长到一定的高度。

　　起初我草率地以为这些山核桃必定是松鼠在开阔地种的，但现在我开始疑惑，这里从何时起成为开阔地的？附近的老树桩仍然很常见，所以我猜测这片土地是在十五或二十年前被清理的。我还断定，坚果被埋下的时间可能要早于老树林被清理的年份，虽然那些山核桃树一再遭到砍伐以保持草地的开阔，又或因霜冻而被扼杀，但旺盛的生命力驱使这些树活了下来。虽然如此，很多幼树因此变得羸弱不堪，奄奄一息。

　　邻近还有一座由栎树、山核桃树、松树等树种组成的年轻混生林，可能在同一时间也遭到过砍伐，不过，那里的树苗却是这里的三至四倍高。或许，当年这些树被砍伐、土地被清理的时候，松树和栎树清除起来相对容易，而坚硬顽强的山核桃树却决不放弃它的立足之地。除此之外，我想不到其他可以解释山核桃何以在此地生长的理由。

　　我再次检视了这座山丘和布里顿家的空地，看能否找到一株六岁以下的山核桃实生苗。距离这块土地上次被清理已经过去了十七八年的时间，而在这段时间，一片桃树果园拔地而起又逐渐荒废，之后还长了一座苹果园，现在也渐渐毁坏。我认为这里在过去至少十到十二年里曾被耕种过。苹果园的边上和内部有一些小山核桃树，在这两处地方的小山核桃树林里搜寻一番后我发现，最近栽种的树苗中竟然找不到一棵六岁以下的。我也没在其他地方找到一株依然附着种子的实生苗。在史密斯山，虽然找到了不少一两英尺高的幼苗，但无一例外，它们根部硕大，已经死去的残根在地表或地下仍然清晰可见。在一个根部发现一至三根残枝十分常见，几乎成了通例，每截残枝枝头约一英寸粗，两三英尺高，而地表之下的主干部分直径可达两英寸。因此，不论地表之上的部分高矮胖瘦如何,没人能将它们连根拔起。

尽管如此,我还是试着在布里顿家的空地拔了一株二又四分之一英尺高的幼苗,很轻松地便将它拔了出来,这不禁让我有些惊讶。不过,我发现它在位于地下一英尺的地方径直断掉,在这个位置它的根粗达一英寸半,已经严重腐朽。这株幼苗的地表部分直径为四分之三英寸,地下的部分可延伸至五六英寸深,直径也随之增加,可达一英寸粗。那里有一根残根的老枝,其根部突然增大到一英寸半粗,直到断裂处都约略这么粗。地面之上三英寸的地方还有另一截残枝,其上方较晚的生长部分约有四岁大。最后这部分也死了。今年,它在地面之上六到八英寸的位置抽出两条嫩枝,分别长了两英寸和四英寸。这样看来,它显然至少经历了四次长大成树的努力。第一根残枝和地面上现存的整棵树约莫一样粗——

第一根,姑且判断它为	四岁
第二根,至少(在它死去时)	二岁
第三根,构成目前这棵树的主干部分	四岁
第四根,今年新长出的部分	一岁
	共计十一岁

这棵小山核桃树长于开阔地,高二又四分之一英尺,直径三又四分之一英寸,当时至少有十一岁(第一根残枝至少有八圈年轮)。我不晓得若是将它连根拔起,还会有哪些发现。可观察到的最低残根埋于地下六英寸,肉眼清晰可见它的四周被堆上土壤,这表明这截根可能在地里撑过整地、焚地和后续的耕作。此外,果园里有好几棵硕大的栗树桩也发出萌蘖的小苗,从其大小来看,这些小苗可能在整棵树被砍倒后又遭到一两次砍伐,这使我对之前残根的判断又多了几分把握。这些栗树幼枝的情形可能同样适用于山核桃树嫩枝。

我想这些地方至少有几年没有种过一棵山核桃了。事实上,松鼠为什么要把坚果带到已有其他小山核桃树生长的地方呢？——它们必须这样做，好让山核桃幼苗被持续种植且有不同树龄段的幼苗分布。

我在瓦尔登湖开垦的一片空地上有几棵山核桃树，它们可能由鸟儿或松鼠在整地后种下，我记得那里至少有三十五年没有山核桃林了。

还有良港山。我记得三十五年前，那片土地被清理整修，大约十多年后松树开始在那里生长。如今，我在松林的里侧和外围发现不少五英尺高的山核桃树。几乎可以肯定的是，这些树苗不可能萌蘖于埋于地下三十五年之久的树桩和老根。那么它们怎么来到这里的？我指的是那些异于栎树、长于松树前方一两杆距离的山核桃小树。为何我从未在这里见过仅两三岁大的山核桃幼苗？虽然如此，我不得不相信，它们是被动物种在这里的。如果确实如此，那么山核桃树（walnut）[①]的传播方式与栎树并不相同，我从未见过栎树的小树丛长于草地或松林前方。难道小动物更乐意将山核桃而非栎实播种于开阔地带？还是一经播种，山核桃比栎实更易存活？或许以这种方式播种的栎实未能成功冒出。也许，对于长在史密斯小丘和布里顿空地的那些山核桃树，我可能产生了误解。

十二月一日，我仔细察看了一番长于良港山最为年轻的幼苗，想查清它们到底几岁。我在地下两三英寸的位置锯掉了三株（也有在较高处的）。这些树苗约三英尺高，年轮很难辨认，不过我判断其中最年轻的那株约有七岁（它的主干约一英寸粗，高三英尺）。另外两株可能更老一些，但还不及松树老，我记得那些松树是何时长出来的，因此，这些山核桃必定是在过去七到二十五年间从坚果种子中冒出的。小山核桃树在松林里四五杆见方的空地上最为繁茂，它们亦可见于松林数杆外的开阔草地，有时也特别容易沿围墙生长，尽管那里与其他任何种类的林木都相距甚远。

① 严格来说，英文中hickory指的是山核桃属（*Carya*）的物种，walnut指的是胡桃属（*Juglans*）的物种，而在美国，walnut常指的是hickory，即山核桃。梭罗也经常将这两个词语交互使用。

由此，我推断，动物们将其种下，而树苗沿围墙生长的部分原因可能在于带着坚果的松鼠最常走那条路。尤其令人印象深刻的是，它们竟如此频繁地将种子播种于裸露山坡的开阔地，那里鲜有栎树生长。这又该如何解释呢？也许因为它们的根比栎树更顽强，所以最终能在栎树衰败的地方长成树木；也许它们更加坚忍不拔；又或许，牛群不像对待栎树苗那般啃咬和伤害它们。

从这个话题回到史密斯山的山核桃树，我倾向同意我的第一个观点，但我仍然认为，良港山外围的山核桃树是在近十几年种下的，而它们播种的方式与栎树并不相同。

十二月三日，我在李家山分外裸露的开阔山坡地上没有发现小山核桃树；不过，若是它们在别的地方冒出来，又为何不能在丰产山核桃的此地生长呢？在山丘北侧那座白栎林附近的山核桃树下方和周围，有许多两到四英尺高的山核桃幼苗分布于年轻的桦树和松树之间。我更倾向认为，栎树和山核桃树有时都会被播种于松林等树林几杆外的开阔地带，不过山核桃的根在这些情况下更为坚忍顽强，所以更易成长起来。现在我又突然想起，在史密斯山的一侧，有许多十二岁以下的小松树苗破土而出，还有山核桃坚果被播种于松苗之间或附近的地方。然而，松树苗死去，山核桃活了下来。只是，在我十分熟悉的布里顿空地，我不记得有任何这样的松树。

还有一个假设我还没用上，那就是：被播种于树林的山核桃可以长久地保持其生命力，因此能多年后在开阔地上出现！

这些小山核桃树经受并克服了如此多的困境，着实令人惊叹。为了寻找年轻而最为挺直结实的树苗，我找遍了整座良港山，但我挖掘的三株中的每一株都在几年前至少死过一次，尽管地表之上可能没有任何伤痕。挖掘时，我发现疤痕位于地表以下一英寸处。这些小树大多由一个根部发出的几节枝干组成，形状怪异且羸弱不堪，从远处看来就像已经完全死去一样。有些树苗经过这般垂死挣扎，还能抽出两根或更多的弯曲的新枝，形似某种粗制的钩子或类似的东西。然而，其中许多树苗最终得以长成挺拔、平滑而健壮的树木，所有的缺陷都被抚平抹去。

还有许多分外漂亮的年轻山核桃树分布于安努史纳克山的东南坡,它们高达十到十二英尺,形成一片非常开阔的小树林,散布之广可同苹果树一较高下,且长得独特、健壮,充满活力。不过,我毫不怀疑它们与我所描述过的小一些的树苗有着相似的生长历史。(不过,我还需深入探究树木的历史以及它们如何来到那里。)山核桃树或许要长到二十岁,才会以蓄积的冲力一蹿而起,克服霜冻和其他所有意外灾害,以一棵年轻树木的样貌存在。

我挖的三株树苗在地表下方的主根都要比地上的茎干大得多,它们牢牢地扎在土地中,虽然这株幼苗的直径不到一英寸,而且你已在它周围挖了三四英

条裂山核桃
shellbark hickory

寸深，你仍然无法将它连根拔起——不过，我并未在此深度发现任何侧根。它们是铁一般的树，如此坚强且稳固。

有些曾写下那些他们称之为"自学成功者"的故事，赞扬他们在困境中对知识的热忱追求。对这些写作新手来说，一项很有启发的活动便是去挖十几棵栎树和山核桃幼苗，阅读它们的成长历程，看看它们在和什么做斗争。

关于山核桃树，值得注意的一点是，我们经常看到铁箍般粗的年轻小树形成了分外茂密的小树林，但如今，我们却很少碰到一座由高大山核桃树组成的茂密树林。我们没有见过任何初具规模的纯山核桃树林，或者说，找不到任何山核桃木材。它们似乎需要比栎树或其他硬木更多的光、空气和空间来扩展生长，最终才能长成大片中型树林。一片由一两千棵小树组成的茂密小树林，显然在最后变成了草地上零星分布的几十棵各不相同的大树。火灾也会导致很多树木死亡。我初次去瓦尔登湖时，周围的开阔地上有很多山核桃树，但由于火灾、霜冻或其他原因，如今所剩无几。刚松的情况则要好很多。

山核桃树喜欢山坡环境的特性同样与众不同。我上述提到的五个地点中，碰巧有四处位于山坡。是因为那里的光线和空气吗？他们几乎突然在这样的地方冒出，实在有些难以解释，仿佛它们觉得山坡风景独好，或者是被命令占领这些地点。

简言之，那些没有特别关注这一主题的人很少注意到鸟儿和动物们发挥了多少作用，特别是在秋天，它们忙于收集、传播和播种树木的种子。这是松鼠在那个季节最常做的工作，你这时碰到的松鼠，不是嘴里叼着一枚坚果，就是在跑去摘果实的路上。我漫步于山核桃林中时，即使在八月，我也依然能不时听到未熟的山核桃掉落的声音，那是被我头顶的山雀咬掉的。在内陆地区，正是碍于松鼠的缘故，小家伙们被迫急急忙忙地开始采摘条裂山核桃。镇上一个猎松鼠的人告诉我，他知道有一棵山核桃树上有特别好的坚果，但是一年秋天正要去采集它们时，发现这些果实已经被一家子十几只的红松鼠"截和"。他从这棵中空的树木里取出一蒲式又三配克的去壳山核桃，这足以让一家子吃上整个冬天。

　　这类实例不胜枚举。秋天的时候，你会经常看到花栗鼠的颊囊被坚果塞得圆圆鼓鼓的。由于习惯储存坚果和其他种子，如榛子、栎子、山核桃、栗子、荞麦等，这种松鼠因此获得学名 *Tamias*， 意为"膳务员"。据说，这些红松鼠在果实未熟时便将坚果聚积起来，用树叶覆盖，直到其成熟，那时果实就容易运输多了。坚果掉落一个月后，在一棵坚果树下观察，可以看看正常情况下完好的坚果同发育不全的果实以及果壳的比例如何。这些坚果或被吃掉，或被广泛传播。地面看起来就像杂货店前的平台，村里人在那儿坐着闲聊，噼噼啪啪地剥果子，讲几个不大高雅的笑话。等你来时，热闹早已散场，只剩满地的空壳。

荞麦
common buckwheat

在这些保留坚果的山核桃树下，仲冬的雪地常常被松鼠们丢弃的果壳覆盖，而靠近这些树的底部，或是在附近的其他树下，只要有一点裸露的土地，就会堆满了被松鼠咬成两瓣的坚果壳，那是它们一整个冬天的"杰作"。

第四十八章　有趣的冬青叶栎

我偶尔会被问起是否知道冬青叶栎有哪些用处。虽然它们在伐木工看来一文不值，但对我来说冬青叶栎是最有趣的树种之一，就像白桦一样，在我脑海中它常与新英格兰联系在一起。对我们而言，任何我们所能感知的轻微的美，都要比我们迄今发现的看似有用或可满足某种效用的事物更具恒远的价值。

附近许多干燥的平原、宽阔的台地以及山坡上的小凹地长满了三到五英尺高的冬青叶栎。约莫十月一日，受霜冻影响，许多主枝树叶尽落，光秃秃的样子。

那些大小、尖度和果毛形态各不相同的美丽果实如今都已变成褐色，不少果实表面带有一条条深色的直线，即将落下。如果你将这些光秃秃、霜冻缠身的果柄扳弯，你会发现这些果柄同样即将脱落。事实上，一些冬青叶栎丛中的半数壳斗已经变空，这些空壳斗上通常留有松鼠牙齿的印记（因为松鼠在树丛中就将栎实从壳斗中取出，留下边缘被咬掉一点的壳斗），也许只有极少的栎实自动掉落。每年这个时候，花栗鼠在冬青叶栎间忙忙碌碌，这也正好是它们喜欢攀爬的高度。

虽然许多小枝光秃秃的，但这些灰褐色壳斗中的一簇簇褐色果实仍然难以分辨，除非你刻意寻找它们。地面散落着与它们颜色相似的树叶，也就是说，这片树叶散落的土地与小枝和果实有着相似的灰褐色，而你可能在尚未留意的情况下掠过一簇簇果实。于是，你挤过一丛丛布满这种有趣果实的茂密冬青叶栎，经过的树木似乎一棵比一棵漂亮。

在一些地方，小松鼠还将空壳斗留在了石头和树桩上。

如果你在一座年轻的树林里挖几个老栎树桩，哪怕它们早已腐烂殆尽，只留下一个凹洞代表其所处的位置，你也找不到任何貌似朽木或树皮的痕迹，铁锹挖起来毫无阻力。不过，你常常能找到一个从凹洞向外发散且完全开放的通道，上头还留有根部的薄膜作为墙壁，而在过去百余年间，大地已逐渐接受并尊重它。这些坑道全是松鼠和老鼠的地下通道，通往它们的巢穴和粮仓，也许几代以来都是如此。确实，每株老树桩对它们来说都是一座大都市，尽管这些树桩其实没有那么老。几乎所有树桩和周围的洞穴都有坚果壳或坚果。虽然你可能在树林里看不到任何生物，但在许多栎树的底部，会有大量的果壳。

冬青叶栎
bear oak

第四十九章　严密看守榛果的松鼠

八月初或有连枷打谷的声响传来时，花栗鼠开始采食榛子，如果你想得到它们，则必须在当月的二十号后不久开始收集那些最为膨大的榛子。许多人已观察到这些颇为丰产的坚果，却等了十天才去寻找，结果发现树上的榛果就连一打也不剩了。

临近八月底，那些沿墙边生长且常有松鼠出没的榛树丛早被松鼠搜刮个精光，即便果实还未成熟，地面还散落着它们的棕色外壳。你能找到的每一颗坚果都已不再完好，这表明小家伙们在过去的两周忙着爬过每个细枝末梢，采集果实。又有谁目睹了榛果的收集过程呢？这是榛果的收获季啊！对花栗鼠来说，这是一个何其忙碌且重要的时节啊！现在，如果有的话，它估计需要一些帮手。我在那块地里能找到的每颗坚果（现在是铁杉的时节）都是不完整的。不过，长在某些常有人走的小径旁边的树，它们通常不会太早去采。

长于河边的榛树丛被采完后，我有时发现，还有几簇悬垂于河面上方，似

多纹黄鼠
thirteen-lined ground squirrel

乎松鼠不愿回那里采集似的。在荆棘或其他灌木丛的鸟巢里，我有时也发现那儿装有半满的栎实和榛果外壳，显然是某只老鼠或松鼠留在那里的。

榛树对于黄鼠（ground squirrel）①是多么重要！它们沿着黄鼠安家的墙壁生长。有了这些立于家门前的栎树，无须走多远便可收获果实。

① 又称地松鼠，属于松鼠科。

这些榛树如今都被采摘一空，不过在田野中间、远离松鼠过道的地方仍然有几棵孤零零的榛树带有芒刺的果实。围墙之于小动物们，既是高速路，也是堡垒。它们住在墙下的洞穴里几乎不受打扰，靠长于墙两侧的榛树丛为生，这些树同样受到墙的庇护。

松鼠住在榛树林里。这里没有榛树丛，但有只松鼠时刻紧盯着它的果实，而且小家伙必定会抢占先机，因为你只是偶尔想起榛果，但它们却是时时想着。正如我们所说，"工具唯用者可用"，所以我们可以说："坚果属于采收者。"

我如果哪天发现它们有某种本能促使它们定期播种榛子，对此我定会毫不惊讶。

松鼠比我们更了解如何打开一颗不完好的坚果，或者它们只需稍加窥探便能得知。我发现留在墙上的某些坚果被咬出一个小洞，这足以说明里头是空的。

其他种子也是如此，我们对这些果实并不十分重视，比如槭树翅果等。事实上，几乎每种落地的种子都会被动物捡取，成为它们钟爱或特有的食物。这个季节，小家伙们四处忙碌，很少有种子能逃脱在外。不论你身处之地如何静谧荒凉，一棵树上至少有一只松鼠或老鼠，也许还有更多，因为它们的家庭和我们一样庞大，它们不会盯着过往的行人看。若是你的搜寻计划延缓片刻，就会发现自己只能捡些松鼠留下的"残羹冷炙"了。你会在每棵树下甚至在树里找到它们的洞穴，它们会搜遍整座树林。尽管种子可能几乎是微不足道的，但对松鼠来说却是坚果。

这显然是种子生来要实现的目的之一。为了生存，小家伙们祷告老天，作为食种子的动物，若不是这些土地出产的果实，它们又能吃什么呢？

第五十章　贮存种子的白足鼠

常见的白足鼠遍布每座森林，人们看到它把栎子和其他种子带到储藏处。你经常会发现有栎子和坚果被塞到岩石的裂缝里。去年十一月，我在康科德北部某座旧石灰岩采石场探勘时，注意到一块竖直的岩石裂块边上，有一个为放入炸药而钻设的孔洞，恰与岩面垂直。这处孔洞底部有两三英寸深，距离地面约两英尺半，在那里我发现了两颗新鲜的栗子、一打以上的两型豆种子、相同数量的冬青种子和许多新鲜的小檗种子，这些种子全是裸露的种子或没了果肉，混杂着一点点泥土和碎屑。

是什么把它们放在那里的？松鼠、老鼠、冠蓝鸦，还是乌鸦？起初，我以为一只四足动物很难到达岩石垂直面的孔洞，不过，有些粗野强健的动物也许容易办到；而且这是一个非常适合储藏的地方。我将那些种子全部带回家，想弄清种子属于什么种类，以及是如何掉进洞里的。晚上，我仔细地检查栗子，想知道像山雀这样的小鸟能否搬得动栗子，在一颗较大栗子的一端附近，我看到了一些非常细小的划痕，在我看来，这些划痕可能是某只小动物在搬运时留下的齿痕，而不是由鸟喙造成的，因为鸟喙会直接刺入果壳，然后吸起来。然后，我又仔细寻找了另一排牙齿刮到何处了，但未能发现任何痕迹，因此我仍然有些疑惑。

一小时后，我用显微镜检查了这些划痕，清楚地看到它们是由一些大头针似的精细且锋利的工具造成的，有点内凹，稍微挖进外壳表面，朝栗子较大的一端延伸，使得表面隆起。接着，再看下去，我发现在同一头发现至少两个由下门牙留下的对应齿痕，全部挖往上门牙齿痕，二者相距约四分之一英寸。这些东西肉眼几乎看不出来，但在显微镜下却看得一清二楚。我现在确信，这些痕迹是由某只老鼠的门牙造成的。将这些痕迹与白足鼠的门牙进行比对后，我发现，其中一两个痕迹正好吻合白足鼠中间两颗相连的门牙，约二十分之一英寸，其他痕迹虽然更细，但可能也是门牙造成的，而且上下颚的自然开合度也相符。这颗栗子的其中一侧，至少刚被叼过一两次。我几乎可以确定，这些种子是被某只本地最常见的白足鼠放在那里的。

另一颗栗子上没有任何痕迹，我猜想小家伙是咬着果柄带过去的，而现在果柄已经脱落。在方圆二十杆远的距离内，没有栗树。

被置于这个孔洞里的种子，将有助于揭示为何栗树和小檗会长在缝隙和裂缝处，那些我们不晓得种子是如何掉进去的地方。即使在这个小洞里，泥土也足以让一些很小的植物存活下来。

前几天我注意到一段被锯断的高高的北美乔松树桩上长着一株年幼却大株的佳露果，它从树皮和木头之间的裂缝冒出。我毫不怀疑，它是从一颗被鸟或其他动物留在树桩上的种子上长出来的，然后被吹到了这个缝隙里。也许它是从树皮底下上来的。

亲缘相近的欧洲田鼠会储存栎实、坚果和谷粒等。彭南特说道："野猪以鼻拱土而损害天地，是因为它们要挖掘田鼠隐蔽的巢穴。"

我从贝尔（Bell）所写的《英国的四足兽》（*British Quadrupeds*）和劳登那里得知，英国曾在丁恩森林和新森林中进行大规模种植栎子的试验，却因黑田鼠（*Arvicola agrestis*）把栎子从洞里拿出来而造成了巨大的损失，更严重的是，它们还会咬断发芽长出的植株。

他们在广达三千二百英亩的森林里到处挖洞，来捕捉这些掠夺者。这些坑洞周边平滑，而且底部宽度比开口大，田鼠一旦掉进去就爬不出来。一个坑洞一晚上就可以捕获多达十五只田鼠。毕林顿先生（Mr.Billington）说："我

美洲树雀鹀
American tree sparrow

双色栎
swamp white oak

加拿大小檗
American barberry

们很快就在丁恩森林里抓到了三万多只,并按数量支付钱,我们指定了两人进行统计,并看着他们被埋或被杀,以防欺骗。"还有许多田鼠是在落入洞里后死于其他原因,或被鸟类和猛兽杀害。根据贝尔的统计,这两片森林中有二十多万只田鼠遭到各种手段的杀害。另外,麝鼠也会吃栎实,因此也能帮忙传播栎树果实,尤其是生长在沼泽的双色栎。

第五十一章　功不可没的鸦科鸟

在种子的传播中，鸟儿同样功不可没。圣皮耶说："摩鹿加群岛有种鸟类，使几座荒芜的岛屿重新长满肉豆蔻，即便荷兰人企图摧毁那些无法为其带来商业利益的肉豆蔻。"

鸦科鸟，如喜鹊、乌鸦、渡鸦等，它们将食物与其他物品藏在洞里的习性自古就为人所知。希腊哲学家泰奥弗拉斯托斯在公元前四世纪写的《植物起源》一书中提到喜鹊和其他善于隐藏栎子的鸟类。普林尼说，寒鸦（*Monedula*）"由于把植物种子藏在作为仓库的洞里"，可能导致一棵树在另一棵树上生长，这便是嫁接技术的启发。

肉豆蔻
nutmeg

松鸦
Eurasian jay

  在英国，松鸦（*Garrulus glandarius*）又被称作"栎实鸦"。我们经常在栎树或其他树的树皮缝隙中看到向外突出且通常被牢牢楔住的栎实，毫无疑问它们是由鸦鸟、山雀，可能还有鸸鸟等鸟类放在那里的。鸟儿将栎实固定住，再用喙将栎实敲开。至于树林里散落在树根上的栎实外壳，我们通常认为那是松鼠留下的，但或许有些是在鸟儿啄食时从缝隙落下的。我有时也会发现两三颗栎子一起藏于直立树干上啄木鸟挖的浅洞里。有好几次，我还发现有玉米粒藏在树皮缝隙、地衣后方或是其他的缝隙里，它们距离最近的田地至少有半英里（有时一英里），这些玉米粒可能是鸦鸟藏的。

  一位邻居告诉我，今年冬天，他一直在用玉米诱饵将鸦鸟引诱到家门前，希望能改变它们的习性。他惊讶地发现，有只鸦鸟捡起玉米后，飞到附近的一棵树上，在不同的缝隙中，连续放置了多达一打的谷物，然后又飞回来啄取更多的玉米。这表明它们能一次衔走多粒玉米而不吞下它们。

我还发现乌鸦也运输栎子。我曾看到一大群乌鸦在一棵矗立于山顶的白栎树上忙上忙下，走到那里后发现，栎子和它们的壳斗已经完全分离，果肉也被吃光了一半，还剩一只又大又重的双色栎壳斗留在地面，而离这儿最近的双色栎位于河对岸的四分之一英里外。它们也在冬天采摘和运输相同种类的栎实，运送相同的距离，然后降落至其他树木后，便把壳丢到下方的雪地上。不过我猜，它们在树上找到的食物种类，属于动物的要比属于植物的多。

鸽子在很大程度上依赖栎子作为食物，可以吞下一整颗，因此有助于传播栎实。伊夫林说："它们很高兴能吃到春天留在地上的半腐坏的栎实"。伊夫林还说："我听说那些在欧鸽嗉囊里发现的幼嫩栎实很美味。"

一位捕猎者告诉我，他曾在水下的钢制捕猎器放入栎实当诱饵，一下子捕到了七只林鸳鸯。它们下水探取栎实，结果被夹住了脖子。

事实上，想要知道栎子被鸟兽收集的速度，你只需要和它们竞争一季，就会晓得你得要多机敏才行。很大一部分果实很快就会被发现。

因此，动物不仅如此系统全面地寻找树木的果实，而且根据圣皮耶的观点，在某些情况下，果实也会寻找它们——或者在半路迎接它们。他说："笨重的可可从可可树上落下，会在地面造成广泛的回响。腊肠树（Cannéficier）的黑色豆荚成熟后被风吹动，当它们互相碰撞时，就会发出一种类似磨坊滴答响的声音。当安的列斯岛的靛榄（Genipa）的灰色果实成熟并从树上落下时，会从地面弹跳，发出手枪射击般的声音。毫无疑问，一收到信号，便会有"客人"接二连三地前来赴宴。靛榄果实似乎专为地蟹享用，地蟹非常喜欢这种果实，很快便会因此长肥。

动物们的所有活动连同参与种子运输的自然力，使得地球表面几乎每一部分都充满了各种各样的种子或幼苗活跃的根，在某些情况下，种子可能是从地下深处挖出来的，而在这些地方，它们仍然保有活力。地球本身即为粮仓，也是温床，因此在一些人看来，地表可谓是一个庞大生物的表皮。

靛榄
genip tree

大自然用种子填满了土壤,因此我注意到,当旅人们离开原有的道路并开辟了一条新的小径后,小径中间狭窄而光秃秃的地面很快就被一片小树林覆盖了。

第五十二章 北美乔松的先锋部队——刚松

松树被砍倒后,就无法再度从根部生长。据希罗多德的说法,克罗伊斯(Croesus)派人命令兰普萨库斯人(Lampsacenians)释放米太亚德

（Miltiades），若不释放，他就扬言要像摧毁松树一样毁灭他们。兰普萨库斯人不知该如何理解克罗伊斯关于威胁的譬喻，不懂何谓"像摧毁松树一样将它们摧毁"。最终，经过一番波折，一位耆老悟出了真意并说出真相，原来在所有的树种中，只有松树被砍倒后就不再发出任何嫩枝，而是完全腐烂，整株死去。因此，松树只有一种自然繁殖的方式——种子传播。

我们看到，鲜少有小栎树和栗树（或许还有山核桃）需要更为高大的树木的庇护；而与此同时，年轻的刚松和北美乔松在空旷且阳光充足之地长得最好。事实上，长在树林里的松树的下层枝叶总是会死亡，只留下一个绿色的尖顶，这表明松树十分仰仗阳光和空气。若是长于密林中，它便会细瘦而高；若是长在树林边缘或开阔地带，则会长得粗壮而伸展。

比起刚松，北美乔松受树荫的影响程度较小。我们经常能在茂密的松树和栎树林下看到一丛丛小北美乔松，而且确实很多人会从那里移植一些瘦弱的小北美乔松，不过，在那儿你很少见到小刚松。显然，刚松需要更多的阳光和空气。

我曾穿过一片茂密的刚松林，那儿只有几棵能结籽的北美乔松，所以那里产出的刚松和北美乔松种子的比例超过一千比一。我惊奇地发现，刚松林下有无数株小北美乔松幼苗（还有许多小栎树），但很少或几乎没有小刚松，有也十分羸弱。北美乔松幼苗和刚松幼苗的比例至少为一千比一，同成树的比例差不多，只是颠倒了过来。

我又检视了一片约有三十年树龄的茂密刚松林，它有十几杆宽，长度则为宽度的三四倍，朝东西向延伸。占树林约四分之一的西侧不含一棵能结籽的北美乔松，但里头有成千上万株小北美乔松，不过，我们极少看到刚松幼苗。一如往常，这里遍布微小的栎树幼苗。我无须找得太远就能确定，那几株北美乔松就是源头。

简言之，在一片茂密的刚松林下找不到几株小刚松是惯常的事，尽管这听起来似乎有些奇怪。不过，即便这座树林里没有能结籽的北美乔松，你仍可以发现大量小北美乔松。

为此，我曾检视了这附近十七座刚松林，在其中十三座刚松林里，这个规律得到了很好的印证。在另外三座刚松林里，小刚松和小北美乔松数量相当，这显然是由于其间的树木较为稀疏。只有一片刚松林是例外，不过我只察看了那座林子的一端。

我曾在这些刚松林下取得几百株小北美乔松用来移植，某人告诉我，去年夏天，他想找一百株小北美乔松种在自家周围，他在刚松林里找到了所有所需的幼苗，并且还能在那里取得更多。如果刚松林长得不太高大，也不过分浓密，北美乔松就会在刚松林间生长，但刚松却不常在北美乔松底下成长起来。今天如此，两三年前亦然。例如，我知道有处山坡，从那残留的树桩上的年轮来看，一片茂密的刚松林曾拔地而起，三四十年后，它们之间冒出了许多北美乔松。

因此，如果你砍掉刚松，你将得到一座北美乔松林，而且通常是一座颇为茂密的松林，其中偶尔间杂一些栎树。这种情况十分普遍。比如，去年秋天，我检视了一座树龄约有三十五年的刚松林，去年冬天，该松林的一部分树木遭到砍伐。地主砍掉了所有刚松，又小心翼翼地将北美乔松留下，如今，这些北美乔松平均高度只有五到八英尺，已经形成了一座相当茂密的树林，可谓是一片林间宝地。然而，林子里仅有三四棵小北美乔松长到能结籽的程度，或者如刚松般高大，不过，这些北美乔松已和原来的刚松林一样茂密，因此至少省下了八到十年的时间。

在上述十三座刚松林中，其中三座也有完全相同的情况。地主利用了北美乔松的习性，但不知它本来便是如此。其实，在某些案例中，这些北美乔松终于有机会以自己的力量取代刚松，并且长得健康稳健。正如松树常为栎树的先锋，某种程度上，刚松同样是北美乔松的先锋。北美乔松接替刚松的例子很多，但我不晓得是否曾有刚松接替过北美乔松。

第五十三章　酷爱阳光的刚松

虽然相对而言，刚松幼苗在茂密的刚松林里并不常见，不过，你几乎总能发现它们在松林边缘开阔的一侧突然冒出。在树林里，小刚松和北美乔松的比例仅为一比一百，而在其边缘的开阔地带，这个比例则会反过来，你会发现那里的小刚松和小北美乔松之比为一百比一，可见刚松十分喜爱阳光。

向牧草地迅速蔓延的主要为小刚松，它们或许已将树林边缘向草地拓展延伸了好几杆远。这种延伸一般不会侵入邻近的树林，只会进入开阔地带。

我仔细观察过一座人造北美乔松林，那是一片种于二十五年前、约六杆宽的狭长林带。虽然松林下方并未有小刚松或北美乔松冒出，大量的刚松种子被风吹过松林，在松林外的空地上生长起来。

当一座刚松林遭到砍伐，原先围绕在它外围开阔一侧的小刚松会继续生长，并在一定程度上取代原先的树林。我经常发现，大片刚松甫遭砍伐之地，没有一棵同种树得以留存；而在一片开阔的草地上，却有一片小树林从那里蔓延开来。简而言之，这就是刚松常见的传播方式。

我对林地进行分类时，会将那些经长时间耕作，或土地被清理后久到足以扼杀所有树根的土地上长出的新树林叫新生林，不过现在长出的林木种类可能和土地荒芜后不久长出的不同。碰巧我记得几乎所有的新生林树种都是松树或桦树（至于槭树，我从未特别注意）。这两种树还会出现在未经开垦的土地和林地上。

在未曾有树木生长的地方，也长出了许多树，它们主要为松树、桦树和槭树；于是，多年来，你可能会在树林之间看到一块块光秃秃的裸露草地。不过，从未有人见过在栎树"成群结队"地冒出来后，它们之间还夹有旧草地的情形。栎树林形成了一片萌芽林地，有时也出现于甫遭砍伐的松林残根之间。

我猜测，近年来，本地最纯的松林都是从开阔地兴起的。一般来说，本地树林里松树最繁茂的地方，在其萌蘖之际，其土壤可能是最裸露的。

你会经常看到刚松、北美乔松和桦树逐渐长满一片草地，而这些树木长到十二至十五岁时，冬青叶栎和其他栎树便开始显露出来，逐渐包围苹果树、墙壁和栅栏，从而改变整个地区的面貌。到目前为止，这些树还未能均匀地覆盖整个地面，但正依照它们所遵循的自然规律渐渐聚集。你也许记得，十五年前，这片草地上没有一棵树木，也没有一颗正在发芽的林木种子。如今，这里已是一片十英尺高的浓密树林。原先的牛道、冬日你曾去滑雪的洼谷，还有那岩石，正迅速被包围，变成兔子步道、林间的凹地和石块。

正如我提到的，这种情况对刚松尤其适用。如果你从山顶俯瞰我们的森林，你通常会发现北美乔松分布最广，而且经常与栎树等树种形成混生林，形成一道道或笔直或蜿蜒的生长线（这条生长线可能位于山脊、森林，偶尔也会延展

杨叶桦
gray birch

成茂密的树林）。甚至森林探险家们也提及他们曾在缅因州的原始森林看过北美乔松。较之刚松，北美乔松更常出现于未经开垦的低地。

刚松长有短硬的针叶，通常生长于石蕊（Cladonia）地衣繁茂的干燥地带、平原或低矮的山丘，这些地方一般为旧谷地或牧场的所在地。由于栎树等树种的新生苗在这样的环境里没有机会生长，所以刚松林在这些区域独具优势。

走入最茂密的刚松林，你仍然能在树林之下发现草地的痕迹：那里的地面平顺、扎实、类似草皮，落叶不多，形成的叶泥更少；绿色的苔藓和灰白的石蕊地衣随处可见；还有那渐趋腐烂的桦树（我认为桦树不会出现于老树林中）和那古老的苹果树。有时你甚至可以用脚感受一番草地上古老的牛道，即便这些古道已无法用肉眼分辨。在这些新生树林中（刚松林和桦树林都有），我仍然能清楚地辨认出那些古老的玉米田垄，在这附近的某些林子里，那些田垄曾是我们的祖先印第安人的劳作成果。我已检视并能清楚地列举本镇四十多座这样的松林，简言之，我知道哪座刚松密林是从开阔地上长出的。

我甚至察看过其中一座刚松新生林的原址，那座刚松林在十二到十五年前被砍伐，其树桩仍可见于继之而起的冬青叶栎和其他树林之间。根据树桩，我能推断该树林起源于开阔地。我很快就找到了一个证据，证明这里确实曾有一片新生林，就像从这里长出且仍然矗立于北侧的那座树林一样。它们沿着较低的边缘，即陡坡的起点生长，虽然处于树林中间，地面却有一堆堆石块，都是从先前耕作的地方翻落的。

有关茂密刚松林长于非裸露地的情形，迄今为止我见过的一种情况为：当刚松林被砍伐后，松子连同栎树、桦树和其他灌木种子一同涌入，占据了土地。不过，我并不对此感到惊讶，因为那里的土壤极度沙化和贫瘠，起初占优势的冬青叶栎未能覆满整片土地，所以剩下的一些刚松种子仍能生长。

因此，不论是由于霜冻还是火灾，还是何种原因，多年来，一片被砍伐后的林地仍能保持相对裸露，或者中间偶有小草长出，那么，刚松和北美乔松都可能在那里茁壮生长。

自然，有人会问："如果当时确实有茂密的刚松林存在，那么白人到来之前，刚松生长于何处？是谁清理了土地以让它的幼苗生长？刚松如今是否成了一种更为常见的树种，因为它们能更好地免于耕作伤害并能更好地保持水土？"

① 出自林奈的著作《植物学哲学》（*Philosophia Botanica*）。书中提到植物的生长与分布，是受到环境的影响，因此环境是生物繁殖的限制因子，这是植物—土壤—气候关系学最早的研究。

一般认为，刚松长于贫瘠和多沙的土地。"刚松平原"即为这种土壤的别称。这难道不就是林奈的"第十六种土壤"①吗？不过，我们发现，刚松也会生长在最优质的土壤中。它们既能在沙地，也能在沼泽中生长，而它主要生长于沙地并非由于它更偏爱这类土壤，而是因为其他树木将它从更好的土壤中排挤出来了。刚松平原并非为刚松独有，如果你砍掉它们，那里很可能会被栎树取而代之。

但谁会晓得，大火或印第安人焚林烧荒先造成了这些裸露的平原，所以如今才有这些树木生长其中。我们知道，印第安人不仅每年烧毁森林以备狩猎之用，而且还会定期清理大片土地用于耕种。这些土地较为平坦且土质松软，印第安人还会用其粗糙的工具翻土。这种较薄的土壤一旦肥力耗尽，他们就会转而寻找另一片土地。

本镇的这种土地即为印第安人广泛耕种之地，在这些地方，你可以找到不少他们的遗迹。不过，印第安人不会开垦槭树林占据的土地，也从未开垦长满栎树林的山丘和谷地，而如今，我们却这样做。据我所知，印第安人将上述土地遗弃后，刚松在这里蔓延得最为迅速，其次是桦树和北美乔松。由此可见，刚松通常不会在一片树林里大量冒出，尽管它们可能占据林子里任何树木稀疏的地方或空地。此外，我们在树林中看到的大多数成年刚松可能和树林本身一样老，因为它们是同树林一起成长起来的。因此，我推断，当栎树林被砍伐时，刚松通常不会或立刻取而代之。不过，如果有原因或情形使土地保持裸露开阔，刚松就会逐渐布满土地。

第五十四章　取代栎树的北美乔松

所有来挖过松苗用于移植的人都知道，在阳光充足的开阔草地长出的年轻北美乔松最为繁茂粗壮。像刚松一样，这些北美乔松幼苗也略带淡淡的黄色，表明其所受日照的强度。你很容易从北美乔松的密度、颜色和结实程度来判断其接受日照的程度。但与刚松不同的是，北美乔松通常在树林中生长，而且即便在树林的较浓密处，也能存活下来，只是样貌大不相同。在茂密的刚松林里，小北美乔松的数量远远超过小刚松，不过其中很少有北美乔松能长到可结籽的

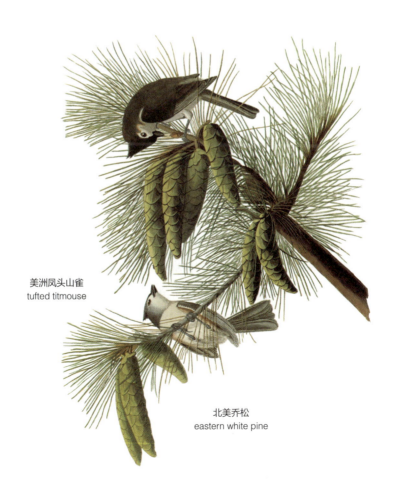

美洲凤头山雀
tufted titmouse

北美乔松
eastern white pine

程度。但我猜测，较之同等密度的北美乔松林，你会在刚松林里发现更多的小北美乔松，尽管北美乔松林里有更多的北美乔松种子散布。不过，我只检视了三座茂密的北美乔松林——惠勒家以外的人工林、塔贝尔家沼泽的密生林以及布拉德冷洞旁边的一座松林，这表明刚松作为北美乔松的防护树，在庇护和遮阴之外，必然还有其他胜过北美乔松的优势，因为庇护和遮阴都为二者共有的特征。

我曾说过，刚松老林里的刚松幼株只有长于树林边缘或林间空地时才能茁壮成长，这同样适用于北美乔松林里的北美乔松幼株，只是程度不那么明显。在一座北美乔松密林之下，你几乎看不到下面冒出的小北美乔松，但在树林边缘和林间空地上却有很多小北美乔松。

例如，我曾检视过布拉德冷洞旁的北美乔松林。不到六年，北侧一杆范围内出现了一片十分开阔的草地。现在，虽然围栏已经被拆除，但从北美乔松的生长面貌便能窥见整片土地的发展情况和历史。一边是茂密的刚松林，下方没有小松树；而在只隔了一杆远的另一边则是茂密且富有生机的松树矮丛，只有两三英尺高，并在面向树林的一侧连成一条完美的直线，显示出原先围栏的位置，就像一个测量员所找的那样准确真实。此外，围栏北侧的那些松树似乎不曾受到牛群以外的任何干扰。

另一个案例，有条马路从一大片树林（主要是北美乔松）旁边平行穿过，靠近树林的一侧没有围篱。我发现树林的浓密处没有一棵小北美乔松；但在一杆以外的马路对面，篱笆下面却密密麻麻地长了一排北美乔松幼株，一连好几杆都遮住了围篱的下半截，不过它们因农耕而无法进一步传播延伸。在马尔伯勒路上，我看到许多小北美乔松沿着茂密栎树林的边缘生长出来，但树林里面几乎没有一棵北美乔松，因为它们也需要阳光和空气，只是程度不及刚松。

正如我所说，在一片北美乔松林里，只要是较为开阔的地方，无论其成因为何，都能见到大量的小北美乔松。虽然它们比较瘦弱，但大多都能长成大树。北美乔松幼株会长在北美乔松林里较为开阔空旷之地，尤其是洼地，正好与成荫松树的密度成反比，有些它们甚至还会长在树下，只不过枝干较为瘦弱。但是，有高大树木聚集的地方则完全没有任何幼株。因此，不论林木树种如何，只要有较为开阔之地，都会有北美乔松出现，比如一些曾遭轻微砍伐的林间地块。

我还在一座年轻栎树林里看到大量北美乔松冒出，而且显然要比栎树至少年轻六岁。看来种子被吹送了相当远的距离。

此外，我也常在新萌芽林地发现有北美乔松冒出，因为其他树种未能在几年内完全占据萌芽林地。由此可见，这镇上广阔浓密的北美乔松纯林远不及同样大小、密度的刚松林常见。北美乔松林中往往长有栎树。

去年秋天，我参观了附近三座最古老的栎树林（魏德比、布拉德和茵奇斯），它们从未被砍伐过，我在这几处树林中发现了北美乔松如何自然地接替栎树，成功地进入并不十分浓密的原始森林。

在魏德比，许多细瘦的北美乔松散落分布于栎树林中，虽然只有一棵是大树，但全部处于树荫之下。

在布拉德的栎树林，许多约二十岁大的北美乔松遍布整片林地，我相信，如果不加干扰，一百年后这里将变得更像北美乔松林，而非栎树林。

在茵奇斯，我也注意到许多大小不一、高达二十英尺或更高的年轻北美乔松，在较为开阔或栎树较稀的地方和谷地冒出来；不过，那里确实有相当广阔的几片大北美乔松林以及松栎混生林，尤其在山丘地带。那些年轻北美乔松较为低矮，无法从远处或山上清晰可辨。除了在更为空旷的地带，这些小树并不十分茂密，而是间隔两三杆远零零星星地长出来，纤细瘦高，并不起眼。如果把栎树砍掉，很快就会出现一座茂密的北美乔松树林。事实上，自然演替正迅速上演。偶尔，你会发现，一棵巨大的老栎树匍匐倒下，逐渐腐烂，而其原本的生长位置显然由松树而非栎树接替。如果完全不加干涉，如今这片为栎树林的地方将变成一座北美乔松林。

由此，我们看到一座原始的栎树林如何逐渐演变为松树林，当栎树逐渐老去腐朽，取而代之的不是栎树，而是松树。也许这就是自然演替的方式。在松栎混生林的开阔处，栎树苗不像松树苗那样茁壮成长，因此当栎树腐烂时，它们会被松树而不是栎树代替。

在这三座老栎树林中，我看到一场自然演替已经开始，北美乔松正准备取代栎树。无论如何，在所有老栎树林里，如果栎树被砍伐，残桩就不再发出新芽，只有通过种子的传播，树林才能得以新生，而新长出的树种和之前的也截然不同。如果地主计划取缔栎树，那么他们就该小心照料那里的松树成长，既然它们都已如此主动地前来。

第五十五章 混生林的诞生

我们已经看到北美乔松如何成功接替刚松，正如栎树普遍接替松树那样。当一座含有大量北美乔松幼苗的北美乔松林被砍伐后，在较为开阔的地方，北美乔松也会接替北美乔松。不过，在这种情况下，可能会有栎树混杂其中，除非那些小松树长得茂密且成熟。如果北美乔松已在栎树林下茂密生长，也能接替栎树生长，这种情况主要发生于树桩无法抽出嫩芽的老栎树林里。栎树林一遭砍伐且土地变得裸露时，很快便有北美乔松冒出，不过，这要视具体情况而定。

例如，去年秋天，我检视了一片约十几杆见方的小苗圃，那里原有的大松树和栎树在前年冬天遭到砍伐。显然，约有三分之二的林木为北美乔松，三分之一为栎树。在土地裸露之处，我很快便找到了二十几株于当年发芽、约一英寸高的北美乔松苗，不过我从未发现一株同龄的栎树幼苗。据我观察，北美乔松和白栎每隔几年才可大量结籽。而在过去的六年里，这两种树同年的种子产量都不多。前年，北美乔松结籽非常充足，但又几乎不见任何白栎种子。

这表明继之而起的森林的物种数量可能取决于森林被砍伐的前一年，哪种树木的种子数量最多。如果一座树林遭砍伐，而那片土地在先前四五年始终保持相同的状态，那么北美乔松就不会以这种方式在那里生长，因为那里不会有种子。也许有一天，土地的主人在砍掉一片林地之前，也许会考虑这些事情。

随着时间的推移，北美乔松也会逐渐取代老栎树。

混合林的产生有多种方法。首先，虽然栎树幼苗最终会在茂密的松林下死去，不过在松林的植被稀疏处、林间空地，或是在树林的边缘，栎树苗则能迅速抽高，长成大树。此外，当你疏伐松林时，原本走上死亡之路的栎树就会到处冒出；当你疏伐栎树林，松树幼苗也会以同样的方式在其中茁壮生长。如果松林里的树木较小且间距较远，那么虽然在其中播种的栎实数量不多，但栎实用有更多的机会长大成树。

大火烧过一座十到二十英尺高的松树、桦树、槭树和栎树的混生林，松树垂垂将危，而硬木树则会从根部迅速蹿起，并在几年后长到原先混生林的高度。即便没有发生火灾，在自然进程中，土壤肥力最终可能会被松树耗尽。然而，栎树总是在随时准备利用松树任何一丝的衰弱和退让。

在一片大而稀疏的北美乔松林下，你经常能看到数千株小北美乔松以及许多小栎树幼苗——你将因此得到一座混生林。栎树一旦站稳脚跟，如果不清理土地，很难将它们除去。然而，在茂密的松木之后，你更可能得到的是栎树。通过砍光并清除整片浓密的纯松树林，你将可以获得一座纯栎树林，而该座纯栎树林被砍掉后，仍可从残根发出的萌蘖幼苗继起。

松树不断偷偷闯入栎树林，栎树也不断地向松林中偷渡，当松林和栎林都不太浓密，或者都经过焚烧，又或者以其他方式变得稀疏，混生林就会出现。当一座刚松林被砍伐，留下已在其下方冒出的小北美乔松，此时小北美乔松往往会和许多小栎树、小桦树等混生在一起，特别是在北美乔松不太高、密度不高的地方，之后这里就会成为一座混生林。在刚松被砍伐后的数年间，长于贫瘠之地的栎树、桦树等树种仍未覆满整片土地，那么刚松则可能从头再来，间杂生长于这些树木之中。如果你期望栎树接替一座老栎树密林，那么你就必须完全仰仗萌蘖苗。如果你砍掉一座浓密的松栎树混生林，其间也未有松树幼苗长出，那么显然，一座纯由栎树萌蘖苗组成的树林则会继之而起。

第五十六章　攻城略地的森林之争

带翼瓣种子的树种和不带翼瓣种子的树种传播方式不同，前者有时被吹向一个方向，而后者则被动物不规则地传播开来。因此我发现，前者（如松树、白桦、红花槭、桤木等）通常长成约略匀称的圆形、椭圆形或圆锥形，一如种子落地时的形态；而白栎、栗树、山核桃树等形成的树林，无论是纯种林还是混生林，都有着不规则的形状，除非它们被播种于未受干扰的松林，才会继承其椭圆形或圆锥形的树林形状。

举个例子，这座年轻的北美乔松林已有六岁，它从一片栎松混生林旁的草地上长出，其树林形状为半月形，坐落于一座老树林中，与一棵大北美乔松相对。的确，像这样的树林最早也是沿着篱笆或被犁头修整成方形的。从这个意义上说，我们每天都以粗野的行径做着化圆为方的事情。这些北美乔松种子往往会以同样的方式落在栎树萌芽地，甚至老树林中。事实上，当我站在山顶，我便能从远处分辨出这些松栎混生林内部一片片宽达十二杆以上，呈较规则圆形的小松林。据木材勘探员的描述，缅因州森林里的北美乔松长成"矿脉状"和"聚落状"。而最常填满松林里不规则空间和缝隙的则是栎树，不过栎树本身也会占据广阔的空间。

碰巧，松树本身有着比落叶树更规则和完整的圆锥形轮廓，毋庸说果实，就连小松树丛的形状也是如此。在本地有人居住的地方，从某个较老松树群落吹来的种子萌发而成的新的松树群落，往往要比其出生的树林年轻许多，这是因为地主会接连砍掉或犁除数批松树或种子，之后才允许大自然自行其道。一般来说，松树会更稳定地传播，不会突然衰微。至少在野生森林中，通常只有大火、昆虫或枯萎病干扰森林的正常生长，而没有斧头、犁和牛群的侵害。

我们的林地当然也有历史，我们仍可追寻出其百年前的样貌，尽管我们没有那样做。一小片松林也许为我描述的椭圆形，半圆形，或者为篱笆围成的方形。然而，如果我们能更多地关注林地的历史，就可以更为聪明地管理它们。

今天我在罗陵家林地的边缘观察到一条十分笔直且清晰的分界线，他的冬青叶栎与邻居矮小而茂密的刚松相接，没有一株冬青叶栎或刚松越界。在如今栎树林占据的地方，曾有一片松林矗立，当年与其相接的是一片旷野，后来长满了年轻的松树。我常能利用这条明显的分隔线非常准确地确定界线，为林地划界。有一次，我在观察了十杆范围后，竟能划出长达八十杆远的界限范围了。

许多人的田地边缘都长有茂密的刚松，它们来自当年土地附近的刚松林，只是如今它们都已变成硬木树林。

十月中旬的一天下午，我穿过本镇外围的田野，远远看到一片约有二十岁老的栎树林，它的整个南面环绕有一道茂密且狭窄的刚松林，它的边缘很直，宽度约为一杆半，树龄二十五到三十岁，刚松林旁则是一片开阔的旷野或草地。呈现出一种十分独特的景象，因为这座栎树林很宽广，其间没有松树，但那道狭窄笔直的边缘又排列着浓密的纯种松树，因此从那一边看去，会以为这是一座松树林。从旁边看去，二者界线分明，在这季节也格外引人注目，因为栎树为红色和黄色，而松树都为绿色。我还未到达树林，便已了解整片林地，并读懂了它的历史。如我所料，有道篱笆将松树和栎树隔开，并且二者归属不同的主人。

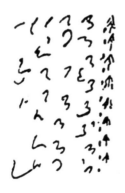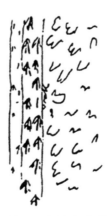

梭罗手绘图：左图左半部为栎树林，右侧有狭窄的刚松林环绕，松林的边缘十分笔直；右图中，右侧为广袤的栎树林，中部为四杆宽的三十年松林，左侧为三杆宽的小松林。

我还发现，十八到二十年前，栎树林所在的地方曾有松林矗立，不过后来松树林被砍倒，因为地面上留有大量残桩，这在我的预料之中。当松树还未被砍伐时，它们的种子就早已吹入邻间田地，因此小松树苗就沿着田地边缘冒出。这些小松树长势迅猛且十分茂密，邻人也不得不打消犁除或砍伐这一杆半范围内树苗的念头，那里的松树太过浓密。此外，虽然这些松树之间并未夹杂任何结籽的栎实，但即便是这条狭窄地带的土地表面，也一如往常地长满了不到一英尺高的小栎树苗。

这便是附近乃至更远之处无数森林的历史。不过，我想知道，如果邻人让这条狭窄边缘的幼树长大，那么他为何不让松树遍及整片田野呢？当他最终看到松苗长大成树，难道不会后悔吗？或者，他为何要这般依赖邻家树林吹来的种子或意外的机遇呢？为什么我们不能掌控自己的树林和命运呢？

森林几何学中有许多这样的问题有待解决。例如，就在同一天下午，我几乎就在上述林地放眼可见之处，在更久远的森林历史里读到了一个更为曲折丰富的故事。

穿越一片贫瘠地后，我来到一条由浓密的刚松和北美乔松形成的绿油油的地带，长约三四十杆，宽约四杆，树龄三十岁。它的东侧是一片红槲栎和黄栗栎混生林，大约有十五年的历史。而在西侧，在那片松树和一片完全开阔、新近开垦的田野之间，有一条三杆宽的狭长树林，四到十英尺高的北美乔松和刚松从草地冒出，我一开始没能分辨出这片松林和旁边的老松树林并不相同。

基于这些数据，就可以去寻找那堵围墙了。如果你稍作思考，那么不用我告诉你，你就会知道，围墙位于大松树林和栎树之间。

十五年前，现在栎树林所在的地方曾坐落着一片广阔的栎树林，围墙的西侧是一片属于另一人的开阔空地。然而不久之后，松树的种子已经被风吹过墙去，在开阔的土地上长得很好，逐渐扩展至四杆远的范围，或者说，那些小松树保护了自己，而将旷野逼退。

十五年前，老松树林被它的主人砍伐时，他的邻居当时还未准备好砍伐自

黄栗栎
chinkapin oak

家那座较为年轻的小松树林。如今这座松林已有三十岁，许多年来，它一直像它的母树那样，努力向它旁边的开阔地扩展。但长久以来，它的主人都没能发现这项暗示，对他的利益视而不见，像我注意到的那样，他一直犁田耕作到树林的边缘，所有的痛苦辛劳只是为了获得一些豆子。然而，那些松树虽然并非他所种，却在他入睡时悄悄成长；某年春天，他终于放弃这场竞争，决定只在松林三杆外的地方犁地，那些小松树也因此茂盛了起来，充满希望。他决定不再自讨苦吃了，不再去管最后疆界以外的土地，因此才有了这第二条长有小松树的土地。如果他先前允许松树成长的话，那些小松树原本会把他荒芜田地的一半甚至全部都覆盖起来。

仔细查看这片松林，我发现那片狭长地带上的小松树间隔甚远，中间也夹杂着一些小白桦、许多香蕨木和稀疏的裸露草地，不过栎树苗极少而且非常小。

至于那片大松树占据的土地，则包含无数的栎树幼苗，包括白栎、红槲栎、美洲黑栎和冬青叶栎，还有两种小松树，一些野黑樱、白桦，以及一些榛树和高丛蓝莓等。当松树种子从狭窄边缘吹进草地时，动物们正在松树下种植栎子。即使是最小的松林，只要浓密，也能完美具备一切生长条件。

因此，这片双重树林正在向外征服新（或旧）的土地，松树用风的翅膀把它的孩子们送上前去，而来自后方的栎树幼苗也已在松树下站稳了脚跟，准备取代它们。松树是先锋队，与站在自己前方的孩子并肩面对烈火，而小栎树则蹲在它们的中间和身后。松树是开拓者，而栎树林则是永久的定居者，买下他人开垦改善过的土地。如我所示，两三棵松树将迅速向前"奔跑"四分之一英

香蕨木
sweet fern

里，进入平原，这是它们最爱的战场，它们利用很少的遮蔽物，如岩石或围篱，在那里挖沟围土，建立自己的地位，而你能透过望远镜，看到它们有如羽毛的松叶在那里摇曳着。

或者，正如我们所看到的那样，它们无须桥梁就能越过一条宽阔的河流，然后就像法国的佐阿夫轻装步兵一般迅速地爬上一座陡峭的小山，并永远占领它，无畏寒热。

松树迈出了第一步，也是最长的一步。栎树则在后面小心跟进。在这种情况下，松树是轻步兵，为大军提供斥候和侦查；栎树是手榴弹兵，步伐沉重，力量强大，形成了坚固的方阵。

地质学家告诉我们，松树要比栎树古老，因为松树的演化位阶较低。

即使在这些黑暗而茂密的三十岁松树林下，仍有一片宽为十英尺、颇为浓密的蓝莓和佳露果灌木丛紧邻墙边（那里还有从田野扔下的石头），这是此地尚为旷野之时，一片更浓密、更大灌木丛留下来的。农夫因此被击退了三次：第一次是被蓝莓树篱，第二次被三十年前的松树击退，第三次则是因为源自那座老松林的年轻松树。这样，农夫不得不收下一片林地；然而，也许，他会说自己是那林地的造物主呢。

半英里内，碰巧有两位农场主做了完全相同的事，也就是说，他们勉强收下了一片林地。而我确信，在这半英里的直径范围内，还有更多类似的案例。

不过，关于刚刚提到的林地，我还没说完呢。

第五十七章　康科德的森林史

几天后，我更仔细地查看了围墙东边的年轻栎树林，发现并非只有大约十五年前栎树冒出时被砍的松树（当时这些松树约四十岁，从其年轮便可看出）的残桩。不过，令我惊讶的是，这些树桩现已大量腐烂，属于一座于五六十年前被砍掉的老栎树林。这样，我找出了三次林木演替，或者说五个世代，即第一代，五六十年前的老栎树；第二代，继之而起并于十五年前被砍伐的松树；第三代，围墙以西现年三十岁的松树，它们起源于第二代林木的种子；第四代，第三代林木以西的条状年轻的松树林；第五代，小松树林下的栎树幼苗。

在我们的森林里，我常发现大量栎树于本世纪（十九世纪）初或上世纪（十八世纪）末被砍伐后留下的残桩，演替过程中的第三代森林则在它们上方摇曳着。毋庸置疑，我们在很多地方都能看到白人到来之前就已在此矗立的树桩，或者说，至少可以观察它们，这样，我们比地质学家多了一项优势：我们不仅可以发现森林树木演替的顺序，还可以通过计算树桩上的年轮来判断演替经过的时间。

这样，你便可以展开一部写有康科德森林史的腐朽莎草纸卷。

佳露果
black huckleberry

我常看到一座年老、高大的松树林，矗立于一片年轻而广阔的栎树林中间，它们曾占据整片土地，但由于林地主人变更或其他原因，没被砍伐，如今只留下这些残余部分。

有时，我还发现与其同龄的松树在半英里远的地方重新出现，中间的松林带已被砍伐了三四十年，栎树已取代了它们的位置；我有时也会在远处发现松树的次生林——尤其是在不属于栎树林主的土地上，这些松树小了一个辈分，它们源自先前长在如今栎树林地的松树。在祖父辈的时代，也许四分之三英里内的土地全被栎树或松树占据，但如今，因为约翰、莎莉或乔纳这些继承者的需要或他们一时兴起的念头，林地的一致性已被破坏，松树和栎树交替出现。

一年中的这个季节，当每片树叶逐渐染上属于它的独特色彩时，大自然也清晰地印下了这段历史——就像一部图解史书籍——我们从远处就能读取。在松林间摇曳的每棵栎树、山核桃树、桦树和山杨，都在一英里外讲述着它们的故事，你不必费力地穿过树林检查树皮和树叶便能了解。因此，这些事实用颜色便能清楚地展示出来。

第五十八章　人与自然的拉锯

至少就康科德而言，林地的历史经常是由两种不同目的交错而成的历史：一方是大自然持续、稳定的努力，另一方是土地主人最后一刻"灵光乍现"而进行的干预和鲁莽行为。后者对待林地的方式，就像我听闻的某位赶马的爱尔兰人那样——他站在马前，一路打着马脸将马驱过田野。

牛群有个显著的偏好，它们喜欢潜入年轻的常青树林，横冲直撞，因此常把树撞断，就连六或八英尺高的树也概莫能外。我不知道它们的目标是什么，也许是为了给头部搔痒。就这个目的来说，常绿树的密度和硬度似乎特别适合牛群。我发现，经过牛群一番粗鲁地修剪和剥皮后，短短一段距离内，数百棵树就这样倒下；看来，牛群真的会瞄准目标努力向目标撞。

曾有一头路过的母牛走进我家前院大门，被我刚移植的一棵北美香柏吸引而来，它用头磨蹭那棵树，在我还没来得及阻止它之前，突然间，整棵树在离地不到一英尺的地方折断了，我以为它就此被毁坏。然而，它居然在这次"事故"中幸免于难，散落于地的低矮树枝逐渐围绕着主干挺立起来，在地面上方展开，这样，我就拥有了一棵主干并不修长的树，而且还有六根枝干形成的茂密树木，它们呈现出完美、漂亮的圆锥形。最近，一位邻居也用常见的僵硬手法修剪了一棵北美香柏，但结果并不让他满意，最近他不厌其烦地来找我，问我如何处理他家的树苗，才能产生这样的效果。我告诉他，他唯一需要做的

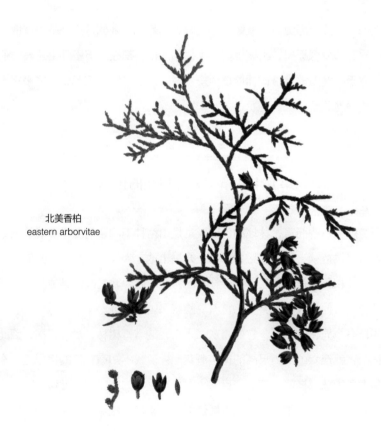

北美香柏
eastern arborvitae

就是在牛群被赶往内陆的季节把大门打开。北美乔松如此普通，如此娇嫩，因此受牛群伤害也最深。

牛群的这种倾向十分普遍，以至于你会以为它们对松树心怀怨恨；或者也许，它们知道自己的生存依赖草地，因而出自本能地攻击入侵的松树，就像对待入侵其地盘的敌人那样。这样想来，牛和松树之间结有宿怨再自然不过了。草地上不少高大的北美乔松的枝条贴近地面，分枝如竖琴般向上弯起而无挺立的主干，无疑，它们必定在幼时被母牛折断过。

在模糊的记忆里，北美乔松有翅的种子借着大风被轻轻地吹到落脚处，几年后便能发现，那里点缀有欢快的绿色火焰，我们欣然在它们中间蜿蜒前行。

不过，我也常常注意到，土地主人对待造物主的恩赐是多么鲁莽。这片森林从贫乏的草地冒出，他却放任牛群将小树撞倒，大多数小树被冲撞至死。直到小树高过他的头顶，他才认出它们是树，直到最后一刻才用篱笆将它们围起来，然而为时已晚，多年的生长已被浪费。直到松树十分粗壮，他的砍刀无能为力，或者当他为了制作车轴而不得不寻找这些树，他才开始尊重它们，并得出结论：松树林将是一项有利可图的投资。看到松树林经过这样一番对待后仍能生存，土地主人很惊讶，有时他还以为这些松树是破天荒地突然冒出的，而想到他曾使尽一切努力使松树消失，我们对他这样的表现也就不必大惊小怪了。

对于在两个方向之间停滞游移的管理方式，我们该说些什么呢？不论如何选择，不都只会干扰二者的进程吗？在许多长有刚松或北美乔松的草地上，我时而见到砍刀挥舞，对此我为我的树木感到绝望（我称之为我的，因为地主显然并不认为那是他的）；不过，这个有争议的工作落实起来十分糟糕，虽然有牛群和砍刀相助，但一年又一年，田野变得愈发葱绿茂密，直到农人最终停止了这场对抗，才突然发现自己忽然拥有了一片林地（这是他不配拥有的）。

如今，我不敢贸然下断论说，林地或草场哪个对他最有益，但我知道林地与草地共存，人类一定不会获利。

我们习惯任由松树在草地生长，同时允许牛群在那里游荡，与前者竞争草地，甚至时不时地带上砍刀来帮助牛群。然而，过了十五、二十年，松树完全战胜了人类和牛群，尽管它们遭受了巨大的苦难，死伤惨重，这时我们才幡然醒悟，挥起牛鞭将牛逐出森林。我们用栅栏将牛群围了起来，不再允许它们在松树身上刮擦冲撞。这就是我们许多林地的真实历史。当英国人在努力学习如何创造森林时，我们却独创了这种模式。显然，这既导致了草地的贫瘠，也加速了森林的羸弱。

碰巧，十月的某天下午，我来到镇上一处偏远的地方，不是为了调查林地（我碰巧曾在这处林地停驻）的历史，而是为了察看前年冬天遭砍伐的一片茂密北美乔松木的遗址，看看那些小栎树——我知道地上一定长满小栎树——如今看来如何。

令我惊讶和懊恼的是，那个自称是它主人的家伙竟然烧了整块地，在那里种了冬黑麦！看来，他打算让土地休耕一两年，但又觉得，如果能在同时间得到一些黑麦，就是一笔净赚。真是个傻瓜！不过，大自然早已为类似的变故准备妥当，它让小栎树待命多年——那些六岁的小栎树，长有充满能量的梭形树根，树梢已经指向天空，只等阳光触发。然而，地主以为自己更高明，想先从地里收获些黑麦，这是他能立即收到的好处，所以他烧了地，又用犁耙将地翻整。

土地的主人已将卖松木的钱收入囊中，现在又想收割谷物，以便用手数赚来的钞票，然后又说，大自然你可以再度自行其是了。正是因为人类的贪婪，大自然无法实施它原本的计划。而地主则是一副更偏爱松林和桦树林的模样，他宁可在三十或五十年后拥有前者，也不想马上拥有栎树林，仿佛栎树会随时等待他的召唤似的！

一两年后，地主如果对土地置之不管，那里就会变成一片裸露的荒地，或许有几株栎树苗能勉强存活下来，不过再往后，栎树便不能在此冒出，因为它们必须要有松树作其先锋。不过，也许会有松树和桦树生长，如果有种子可以被吹送至此得话；不过，这可能需要很长时间，此外，这片土地也已得了"厌松病（pine-sick）"。

有人如此扰乱自然，我很懊恼。他们竟然还敢自称为农学家！看来需要派出监管人对其监督。让我们为他的灵魂花钱办一场弥撒吧。

镇上应指派林务员——来监督那些农人。

梭罗其他晚期博物志作品

刚松
pitch pine

> 一个人若想活得富足、坚强，
> 就一定要留在他的家乡。
> 我已在此度过四十年，
> 学习田野的语言，
> 因而更能自如地表达自我。

第一章　野果

> 用那细长的芦苇叶，吹一曲乡村曲调，
> 我相信这歌声，不是一厢情愿。

不少公共演说家有时会以居高临下的姿态谈论那些被他们称之为"不起眼"的事物，兴许还会奉劝别人几句，说这些东西不该被完全忽略；然而，他们用于区分大小的度量衡不过是只十英尺长的标杆和他们自己的无知，在我看来，这是十分愚蠢的。根据这种规则，一颗小土豆是小东西，大一些的则是重要物件。毫无疑问，一只装满东西的大木桶、一块需要好几头牛来拉的大奶酪、一场礼炮、一次军队检阅、一头肥硕的公牛、那匹名叫哥伦布的马或是英雄奥西恩，不会有人将它们称为不起眼的事物。一个车轮是大事，一片雪花是小事。

① 现学名为 *Sequoiadendron giganteum*。

巨杉（*Wellingtonia gigantea*）①这种著名的加利福尼亚树种是大事，它源自的种子是小事。一位行者鲜少会注意到它的种子，其他很多植物的种子或同样来源如此。然而，正如普林尼所说，自然于至精至微处卓越。

在这个国家，不论演讲者是西华德还是顾盛，一场政治演讲是轰动的大事，而一束光是小事。比起从一两位国会议员处取走一码智慧或男子气概，从他们身上拿走六英寸肉通常被视作更了不得的国家灾难。

我发现，不论是读写还是算术，凡以教育之名的任何事物都是伟大的事业，而在上述演讲者看来，几乎教育的所有组成部分都是微不足道的。简言之，他们知之甚少也不甚关心的就是小事，相应的，在他们的认知里，几乎所有真正伟大或良善的事业都是小事，而且很难变成大事。

当果实外壳同果仁脱离，众人都在追逐果壳并向其致敬。就基督教而言，这世界广泛宣扬的不过是其外壳，它的内核在万物中虽显微小却更为珍贵。没有一座教堂筑基于此。遵循至上的真理常被视为渺小的最终呈现。

我注意到，许多英国的博物学家都有种可怜的习惯，他们常将自己的正当追求说成某种琐事或对时间的浪费——对更重要的工作或更严肃的研究仅是种干扰，对此他们必须请求读者的宽恕，就好比他们真的要让你相信，他们的余生都献给了某项真正伟大的崇高事业。然而，我们后来从未听过他们更多的发表，如果它真的是某种伟大的公益或慈善服务，我们必然会有所听闻。因此，我们可以得出结论，他们从事的是吃穿住行，以使自己和眷属温暖度日的高尚英雄事业，而这一切的主要价值在于使其追求他们所轻慢不屑的研究。他们所指的"严肃"研究其实就是不停地记账本。

相较而言，他们称之为更郑重严肃的研究其实是对生命的真正浪费，难道他们已愚蠢至极而不晓得？实际上，他们的言语仅能算作伪善的言辞，而人类一直仰仗他们来获取精神的食粮。

我们中的多数人同我们的乡土依然有牵连，就像航海者之于海洋中未知的岛屿那样。任意一个午后，我们能在那里发现一种新的果实，它的美丽甜美让人惊奇。只要我在徒步过程中看到一两种我不知道名字的浆果，那么这份未知的分量似乎会被无限地放大开来。

在康科德的未知海域"航行"时，许多溪谷、沼泽和树木繁茂的山丘则是我的斯兰岛和安波那岛。从东方或南方进口的著名水果，像柑橘、柠檬、菠

匍枝白珠
eastern teaberry

萝和香蕉在集市售卖，但比起不起眼的野生莓果，它们不大引起我的注意。每年，这些莓果都会为我的野外之旅平添几分魅力，我发现它们还是绝佳的户外美食。为了独享浆果的美丽，我们在前院栽培一些进口的灌木，而至少同样美丽、长于周边田野的果实却未受到我们的关注。

热带水果为热带居民独享。它们最甜美的部分无法被进口。即便被带到这里，它们主要吸引那些在市场穿梭的人。最吸引新英格兰孩童目光、愉悦他们味蕾的，不是从古巴进口的柑橘，而是邻近草地的匍枝白珠，因为决定果实最终价值的，不是它是否来自异域，大小如何，又或者它的营养价值有几分。

我们不过多讨论餐桌水果。它们专为官员或老饕准备，并且，它们非但无法同野生果实那样为想象力提供滋养，相反却愈使其匮乏。在某个萧瑟的十一月，徒步走过一片黄褐色的土地，顺便品尝一番白栎果实的苦甜滋味，对我而言要远比一片进口菠萝有意义。南方人自有其菠萝，而我们也将满足于我们的草莓，就好比在菠萝中拌入"采草莓"体验，便大大增强了其口感。那么，对于树篱之内的蔷薇果和山楂果，进口到英格兰的所有柑橘意味着什么呢？答案是人们可以轻易省去其中一个。问问华兹华斯或是他知道的任一位诗人，问问哪一个对他们最重要。

这些野果的价值不仅在于拥有或品尝，更在于欣赏和随之而来的愉悦感。果实"fruit"的词根就能佐证这一点。它源自拉丁文 fructus，意为"可使用或享受之物"。如果不是这样，那么采莓果和逛集市就要成为同样的体验。当然，不论是清扫房间还是采摘芜菁，总归是做事的精气神才使其有趣。桃子，毫无疑问是种美丽可口的水果，但运到集市贩卖却远不如采食佳露果以独享美味更能满足人们的想象力。

有人花巨资备好船，将一船男子运至西印度群岛，过了一年半载，又满载菠萝而返。如果这次远行不过是为了实现一般投机者所希冀的，而再无其他，或者它最终不过是一场所谓的成功冒险，那么，我对它的兴趣，比对孩子们的摘佳露果之旅要减上几分。孩子摘佳露果时被引入新的世界，体验新的成长，即便他们篮子里摘取的不过仅为一及耳①莓果。我知道，报纸和政客们会别有说辞，譬如有哪些货物到达，其价值几何，不过这终究无法改变事实。我认为，后者远行的成果要优于前者。它是一次更具成果的远征。那些主笔和政客们十分看重的到头来不过是一场空。

任何经历的价值当然不应由可获取金钱的数量衡量，而是要看我们从中获得多少成长。如果采摘佳露果芜菁比贩卖柑橘菠萝更有益于一名新英格兰男孩的成长，那么他自然也理应更看重前者。我们真正关心的，不是投机者远道运送来的水果，而是那些你亲自用篮子从某个遥远的山丘或沼泽取回的果实，经过整个下午的漫长跋涉，终于将当季的第一批果实送至友人家中。

一般来说，你得到的越少，你便越幸福富有。富人之子拥有可可，穷人之子仅有山核桃，但最糟糕的是，当穷人的孩子享受山核桃的乐趣时，前者却从未得到可可的精华。商业攫取的总是果实中最粗糙的部分，仅能触及其外壳。事实上，商业之手无比笨拙，也正是这双手填满了船舱，将货物输入运出，支付税款并最终将其分发至商店。

多数人很容易被欺骗利用。他们自有一套始终因循的路径，因而必会掉入提前设置的陷阱之中。不论何种行当，凡有大量成年男子严肃参与的必定是可敬乃至伟大的事业，也必然会得到牧师和政治家的认可。那么，那些像牧草地上的蓝色刺柏般仅被视为美的物体，对教堂或国家而言又意味着什么呢？一些牛仔也许分外欣赏它们——事实上，凡住在乡村的人都会如此——但是，它们并未受到社群的保护，任何人都可随意摘取；然而，作为一件商品，它们又受到了文明世界的关注。去问问那代表人民的英国政府："刺柏的用途

① 及耳，英美液体容量单位，1及耳约为0.1183升。

② 欧洲刺柏也常被翻译为"杜松"，果实翻译为"杜松子"，以杜松子为调味料酿造的酒被译成"杜松子酒"。由于欧洲刺柏的荷兰语名称为"Genever"，所以杜松子酒在英语中常被简称为"Gin"，因此又被称为"琴酒"。

欧洲刺柏
common juniper

如何?"答案会是:"用来给琴酒②调味。"我曾读过。"每年有数百吨刺柏从欧洲大陆进口"到英国作此用途,"但即便这等体量,"作者说道,"也远远无法满足这种烈酒的巨大消耗,而短缺的部分则用松节油弥补。"这并非是对刺柏的利用,而是对它严重的滥用,只要是开明的政府,必定不愿参与其中。看来,牛仔比有些政府更有见识。让我们仔细分辨,并以适当的名字称呼它们吧。

那么,不要认为新英格兰的果实就意味着低劣、无足轻重,外地的果实则高贵且令人难忘。我们自己的果实,不论它们品种如何,要比其他任何果实对我们更重要。它们教育我们,使我们适应新英格兰的生活。较之菠萝,野草莓于我们更有益,同理野生苹果的益处大于柑橘,栗子和山核桃优于可可和扁桃,这不仅在于它们的风味,更得益于它们在我们的教育中发挥的作用。

如果你只是想说本地野果的滋味不足,那么我将为你引用波斯王居鲁士的名言:"一地不能兼产美味的果实和骁勇的战士。"

下面,我将按它们被观察的顺序描述这些现象。

五月十日前,在叶芽尚未展开之时,榆树的翼瓣状种子——翅果已使它呈现出一幅枝繁叶茂的模样,如同覆了一层小小的啤酒花。榆树必定是本地乔木和灌木中最早结籽的,早到多数人将它未落的果实误认为树叶,我们街上最初的绿荫就来自榆树的种子。

约莫同一时间,我们开始看到蒲公英已在一些更为隐蔽潮湿的河岸青草丛中播种,不过还未来得及找到它们明黄色的小圆花,就看到了这些小圆球。小男孩们吹着小绒球,来猜测妈妈是否真正想要他们。(如果小男孩能一口气将种子吹散,虽然他们很少做到,那么这代表他们的妈妈不想要他们。)有趣的是,

药用蒲公英
common dandelion

蒲公英是秋天十分常见的、带绒毛植物中最早出现的。这通常是大自然母亲给我们的第一个提示，我们该忙自己的事了，而且要尽力有所作为。比起人类，大自然行事要诚实、敏捷许多啊！到了六月四日，蒲公英已在草丛中基本播种完毕。你会看到草地上点缀着上千个毛茸茸的小圆球，孩子们常用它们鲜脆的茎编织手链。

到了五月十三日，本地柳树开花最早的猫柳就在温暖的林木边缘伸展出一两英尺长的嫩枝，上面长有三英寸长、如同毛毛虫般的头状花序。同榆树果实类似，在树叶还不显眼之前它们已然形成一片醒目的绿，现在有些果实已经进裂，开始吐露绒毛——因此，猫柳是本地乔木和灌木中紧随榆树之后开始散播种子的树。

三四天后，甸生柳和本地最小的淡灰柳通常都在比桦树及早发的山杨更高的地方开始展露绒毛。淡灰柳通常于六月七日前结籽。

早在五月十四日，人们就常到河边采摘菖蒲内层的叶子食用，还能发现一些小小的肉穗花序，即绿色的果实和花苞。草本植物学家杰拉德这样描述："菖蒲的花是种长长的很像香蒲的东西，和普通芦苇等粗，长约一英寸半，黄绿色，其上有奇妙的格子状花纹，仿佛用黄绿色的丝线交织而成。"

到了五月二十五日，花苞尚未绽放且依然幼嫩，正适合食用且可供饥饿的旅人充饥。我经常划船穿过一片浓密的刚从水面冒出的菖蒲丛去摘取花苞。孩子们也晓得，植物底部内侧的嫩叶十分可口，因而它们深受孩子和麝鼠的喜爱。六月初，为了采摘菖蒲嫩叶，我甚至看到他们徒步一两英里远，又携带大捆的叶片返回，就为了闲暇时吃摘取的叶片。六月中旬后，肉穗花序开始结籽，变得不宜食用。

你在春天初次捣碎菖蒲时，便会发觉，这些嫩叶的芬芳是何等令人惊奇迷醉！

这么多世纪以来，仅这种植物就从湿润的大地上汲取了这等芬芳！

杰拉德说，鞑靼人对菖蒲的根"十分推崇，甚至在他们饮水时，只喝用它

菖蒲
sweet flag

的根浸润过的水"。约翰·理查德森告诉我们,这种植物的印第安克里族语为 watchuske-mitsu-in,意为"麝鼠吃的东西",英属北美地区的印第安人用它的根下药以治疗腹痛:"豌豆大小的菖蒲根放于火前或太阳下烤干后,便可用作成人的一剂良药。孩童服用时,需将根锉碎,将根屑配一杯水吞服。"谁还没在孩童时因腹痛试过这剂药方?虽然孩子服用时最好配上一块糖,这是克里族男孩所不具备的,不过菖蒲的根可能是印第安人使用最久的草本药。一药入肚,我们就和麝鼠一样开始品味夏天,我们同它们共享餐桌,一起品味第一道主菜。此外,我们还在寻找蒲公英,这也是它们的食物。麝鼠和我们如此相似,我们也很像它们。

约莫五月二十日,我发现最早的蝶须开始结籽,种子吹遍原野,同雏草一起将草地染得银白,然后漂浮于水面。比起我们最初发现它们开花时的模样,它们如今已将自己高高抬离地面。杰拉德谈及与蝶须亲缘的英国物种时说道："这些植物生长于砂质河岸以及阳光充足的未开垦的土地。"

最早约于五月二十八日，我开始在水面发现银白槭的翅果。

① 即欧亚槭（Acer pseudoplatanus）。

杰拉德对欧洲山脉大槭树（great maple）[①]种子的描述同样对其适用。描述花朵后，他写道："开花之后，接着生出两两相连的修长果实，果实的一瓣同另一瓣彼此相对，果仁在两个果实相连处凸起，其余部分则犹如羊皮纸般又平又薄，又似蚱蜢的内翅。"

约莫五月二十日，本地银白槭类似的大一些的绿色翅果已十分显眼。这些果实将近两英寸半宽，翼瓣内的翅脉一直伸展到边缘，如同绿蛾子即将载着种子远航。到六月六日，银白槭翅果的种子落了将近一半，我注意到它们的飘落和帝王蛾破蛹的时间一致，有时我还会发现，清晨漂浮着种子的河面散落着坠落的飞蛾。

红花槭翅果虽不及银白槭翅果的一半大小，却要美上数倍。五月初，一些树木还在开花时，你就能看到它刚结的小巧的果实。随着果实长大，槭树梢逐渐染上一片棕红色，几乎像桦树一样红。约到五月中旬，湿地四周的红花槭果实逐渐成熟，已然成为当地最靓丽的风景之一，尤其当光线适宜时，这景象比红花槭开花时还要更有趣几分呢。

我现在正站在某片湿地中间的一座小丘上，面向阳光观察一棵几杆之外的年轻红花槭。它的翅果颜色鲜艳，为某种绯红色，果梗长约三英寸半，颜色略深于果实，它先优雅地朝外微微拱起然后下垂，不均匀地分布于枝丫间，随风颤抖。

同唐棣的花朵类似，这种美观小巧的果实多半见于光秃秃的树枝，其生长速度要远快于它自己的以及其他树木的树叶。大约到

红花槭
red maple

了六月一日，红花槭翅果已完全成熟，多数呈现出显眼的亮红，而非深红。约莫六月七日，开始掉落。其实在六月一日左右，多数红花槭已经开花，开始结果，青色的莓果也开始出现。

草莓是本地最早成熟的可食用果实。早在六月三日，我已开始发现一些草莓果，不过它通常要等到六月十日或是栽培种上市之前才会成熟。六月底是草莓生长的鼎盛期。如果它长于湿地沼泽，这个日期要略晚一周，直到七月末还能在那里看到草莓果。

就连像老塔瑟这样整日忙于粗重农活的农人，也会情不自禁地用他朴实的语调唱上一曲，这首歌叫《九月》：

老婆子，进入园子整块地呦；
种上草莓，要挑最好滴呦。
长在四方，林里荆棘包围呦；
精挑细选，好好种植，
保你收获好果实呦。

草本植物学家老杰拉德写于一五九九年的这段话生动地描述了英国的草莓,如今用来形容我们自己的莓果同样十分贴切。他这样写道:

> 草莓叶于地面伸展开来,其边缘略呈锯齿状,三枚嫩叶一组长于细长的叶柄上,如同车轴草,叶面为绿,叶背略白。其间长出细长的花梗,上面长有小花,包含五枚小小的白色花瓣,中间部分略呈黄色,开花之后结果,和桑葚或悬钩子无甚差别。该果呈红色,略带酒味,果肉多汁且色白,有微小的种子含于其中;其根细长,又有细须发出并借此散播族群,繁衍生长。

关于果实,杰拉德补充道:"草莓带来的营养可谓稀少寡淡,如果碰巧在胃里被吸收,其营养价值则几近于无。"

到五月三十日,我已注意到一些青绿的草莓,两三天后,我正要经过一处光秃秃的干燥山地的南坡,又可能是走到灌木丛间裸露但有遮蔽的地方时,突然想起草莓可能已经结果。在草莓最适宜生长的地方即山顶下方仔细寻找一番,我发现一些正逐渐变红的莓果。最终,在最为干燥且阳光充足的地点或坡顶,找到两三颗我乐意称其为成熟的莓果,尽管它们多数只有向阳的一面变红。此外,我还在铁路堤道的沙地上看到一枚半熟的莓果,甚至于开挖沟渠后扔到草甸一旁的沙子上,也能看到它们的身影。

起初,它们在红色下层叶的包围之中很难被发现,仿佛大自然故意为之以便隐藏果实,尤其是对那些尚未准备好接纳它的人。这种植物如此谦逊,就像一块不引人注目的地毯。没有哪种野果像这些最早熟的高地草莓般如此贴近地面,除了红莓苔子(Vacciniae oxycoccus[①]),而它需要进一步加工才能食用。

[①] 现学名 Vaccinium oxycoccos。

红莓苔子
small cranberry

因此,维吉尔将草莓称为"长于地面的草莓(humi nascentia fraga)"。

  比起这小小的果实,还有什么味道更能愉悦我们的味蕾?夏日伊始,大地就散发着这种滋味,而它从未经过我们的照料。多么美丽可口的食物啊!我匆匆采摘了些每年最早出现的果实,尽管它底部尚显青绿,口感仍酸涩,又因长得太低而黏有沙土。所以连同这莓果,我还尝到了一丁点草莓风味的泥土。我享用了不少草莓,它们足以将我的手指和双唇染红。

  我在相似的地方摘了两三捧成熟的,或者说我愿意称之为成熟的草莓,最大最甜的草莓就长在悬于沙地的藤蔓上。而与此同时,我通常也会闻到,哎,甚至尝到那种难忘的虫子(某种盾蝽科 Scutellaridae[①])的味道,我们常说它就是某种常

[①] 应是 Scutelleridae 的笔误。

见的家虫味道。就这样，我已准备好迎接这个季节了。如你所知，这种虫子只需爬过果实就能在上面留下它奇怪的气味。像占据着马槽的狗般，这家伙破坏了满口的美味，但自己却不享用。这家伙又是如何凭借着本能找到第一颗草莓的，这说来是多么奇妙啊！

想找到最先成熟的草莓，你得去草莓喜欢的裸露地看看，它们要么位于小圆丘或山坡凸起的一侧，要么就挨着牛群前几年刨出的砂质小坑，那时牛群刚来牧草地，为了谁当领头的问题争闹不休。有时，草莓也会因近来的纷争而蒙上灰尘。

春天，我不时嗅到一种难以形容的甜香，对此我做了长时间的记录，不过仍无法将其追溯至任何特定的来源。也许，它就是古人所说的大地的甜香。虽然我还未找到散发这种香味的花朵，不过似乎它来自果实。大地长出的第一批果实散发着我们近来空气中弥漫着的春日之香，成为它的浓缩与具象，这是再自然不过的事。香弥漫处，不久便能找到那天赐的食物——草莓。每颗草莓的汁液不也正是从空气提取而来的吗？

草莓正是这样一种果实，它的香味同口味一样独特，据说其拉丁学名 *fraga* [1]即来源于此。它的香味同匐枝白珠类似，随处可闻。有几种常绿树干的嫩枝，尤其是香脂冷杉，也有着同草莓类似的气味。

仅有百分之一的人晓得去哪里寻找这些早熟的草莓。这似乎一直是某种秘密传授的印第安知识。我很清楚是什么召唤那个学徒在这周日的清晨穿越我家的小径朝山坡走去的。不论住在工厂还是某间小屋，当草莓渐渐变红时，他定会在最早成熟的草莓旁出现，就像我提到的那种家虫一样，哪怕它一整年都藏而不现。

我不太看重园子里的草莓，也不愿夸赞你辛勤的邻居所栽培的、运到市场售卖的莓果。最令我感兴趣的是那干燥山坡上一小片

---

[1] 草莓属的拉丁学名为 *Fragaria*。

香脂冷杉
balsam fir

一小片的天然草莓,尽管我起初可能仅摘得一捧,然而,在那里,草莓能将整片土地染得通红,原本贫瘠的土壤也会缀满草莓——它们并未雇佣园丁除草、浇水或施肥。它们如今独占了这块贫瘠的草地,加起来足有十几英尺,成为当地最繁茂的植物,不过若是雨水不充足,它们很快便会变得干瘪。

我是在截然不同的情形下尝到我的第一颗草莓的。记得有一次我泛舟而上,一场雷阵雨突然袭来,我把船划到岸边,那里有处坚硬的斜坡,我将船翻转朝下以便避雨。就这样,我紧贴地面躺了约一个钟头,因而有了绝佳的机会探究此处产些什么。雨势渐缓,我便爬了出来,正要蹬直双腿时突然发现了一小片草莓地,就在一杆以内的地方,四周的草地也被它们染得通红。天空仍下着稀疏的雨滴,我采摘了一些草莓。

不过,接受这馈赠我并非心安理得。六月中旬已过,天气干燥多霾。我们更加深陷于大地的薄雾之中,我们处在更糟糕的环境里,这些日子,我想我们离天堂更远了。就连鸟儿的歌唱,也少了几分活力和生气。希望和期待的季节正在逝去,小果实的季节已然来临。我们有些悲伤,因为我们开始看到希望同现实之间的差距。天堂的愿景因这雾霾而被夺走,我们只留下几颗小莓果。

在新萌芽林地,我发现一片片大而结实的草莓植株,不过它们似乎只长叶而很少结果,在干燥天气完全来临之前,他们将能量全部用于树叶。在干旱来临前,正是那些长于干燥高地的早熟且健壮的植株结出最早一批莓果。

在许多草地上,你也会看到大片枝叶繁茂但未曾结果的草莓植株,不过也有一些草地的植株同时长出叶子和果实,一簇簇的莓果分外可爱喜人。到了七月,较为繁茂的草地上的草莓已经成熟,吸引众人踏着高草找寻它们的踪影。从上方看去,它们不会被察觉,但当你拨开高草,就会发现它们深藏于根部的小洞里,处于有遮阴的地方,若是在别处,这些草莓准会枯干。

不过,我们在这附近多半只能浅尝辄止地品尝一口,便继续赶路,一路上沾满果实芬芳的手指被染得通红,直到来年春天才被完全洗掉。这一带的行人们一年若能摘得两三捧莓果,就算相当不错,他们喜欢将一些未熟的果实和树叶同它们混在一起,做成某种沙拉,不过他们只会记得成熟草莓的滋味。然而,内陆地区并非如此。由于这种植物喜欢凉爽的环境,那里的草莓普遍出产丰盛。据说草莓原产于"阿尔卑斯山和高卢森林","但不为希腊人所知"。据此地向北一百英里的新罕布什尔州,我曾发现草莓植株繁茂地生长于路边、草丛及土地刚被清理的附近山丘上的树桩周围。你很难相信,它们在用何等的精力生长结果。一般来说,草莓生长的地方距鳟鱼出没之地不太遥远,因为它们喜欢同一种水和空气。新罕布什尔州山区里的小屋通常会为旅人提供草莓和鳟鱼钓竿。我还听说,在班戈附近,草莓出现于及膝高草的根部,在炎热的天气里,常常是未见其影便闻其香。此外,在可以望见十五英里外佩诺布斯科特河及河面上百艘帆船的山地,也长有草莓。在那里,虽然银匙和银盘数量有限,其他东西都很充足,人们将无数夸脱的草莓倒入牛奶锅中,加入奶油和糖搅拌,而大伙儿则每人手持一把大勺子围坐等候。

赫恩（Hearne）在其《北方海洋之旅》（*Journey to the Northern Ocean*）中写道："草莓（由于一定程度上同心形状相似，印第安人将它称为 *Oteagh-minick*）以及那些果大味美的果实最北可分布至丘吉尔河。"尤其是经过焚烧之地。约翰·富兰克林爵士指出，草莓的克里语名称为 *Oteimeena*；唐纳则说，草莓的奇佩瓦语名称为 *O-da-e-min*——显然和克里语为同一个词，因为二者的含义相同。唐纳说，奇佩瓦人经常梦到前往另一个世界，有人碰到大草莓——逝者的灵魂会于途中在此用膳——便拿起勺子挖下一块，却惊奇地发现果肉化成了岩石，据说就是如今遍布苏必利尔湖的软质红砂岩。达科他族将六月称为"Wazuste-casa-wi"，意为"草莓红了的月份"。

野草莓
woodland strawberry

从威廉·伍德（William Wood）约于一六三三年出版的《新英格兰景色》（New England's Prospect）一书中可得知，在被农耕剥削和逼入困境之前，这里出产的草莓似乎要丰盛且大得多。正如他写道的："一些草莓周长两英寸，一人一个上午就能采到半个蒲式耳。"

草莓是大地的第一抹红，一种带有朝气的红，它是长于奥林匹斯土壤中的佳味美馔。

罗格·威廉（Roger William）在其《美洲语言之钥》（Key）中写道："英国有位知名的医生常说，上帝再也没造过比这更美味的莓果了。在原住民栽种草莓的一些地方，我很多次发现方圆几英里种下的草莓足以装满一整艘船只。印第安人将它们捣碎装于钵中，然后和粗磨粉混在一起用于制作草莓面包……就这样，很多天都不用吃其他事物。"

布歇（Boucher）在其一六六四年出版的《新法兰西博物志》（Natural History of New France）中告诉我们，这片土地长满了数量惊人、取之不竭的悬钩子和草莓；同样，在罗斯基尔（Loskiel）一七九四年的《兄弟会北美传教士史》（History of the Mission of the United Brethren among the Indians of North America, especially the Delawares）中谈道："草莓长得个头大且产量多，整个平原满满是草莓，好像覆上了一块精致的红布。"一八〇八年，一位叫彼得斯的南方人致信费城的某个协会，证实了以下说法：一片位于弗吉尼亚州占地约八百英亩的森林，上个世纪（十八世纪）经过焚烧，之后长出大量草莓。"老乡民们"，他写道，"经常说起那一带草莓十分繁茂，占地很广，当果实熟透时，老远便能闻到香味。有人还描述了广袤的草莓花海，当它们以这种方式盛开时，这情形若不经过证实，就仿佛如虚构的一般。这大自然独一无二的华丽花裙，连同无数只小蜜蜂伴着忙碌的嗡鸣辛勤地在花间果实旁劳作，还有林地边起伏而多样的高山，所有一切都将造就一幅田园图景，可供诗意的描绘。"

研究新罕布什尔州城镇的历史学家告诉我们："以前土地刚被开垦时，草莓并不像现在这样多产。"其实,附近一带的草莓和本郡的精华已然消失。草莓那种难以言喻的并由此得其拉丁学名的香气再也无法从我们施肥过后的田野散发出来。我们若要追寻这种浓郁的香气以及未经开垦的处女地生产出的完美果实,就一定要去北方的凉爽河岸,也许是那日晕的光点将它的种子撒播于阿西尼博因河的大草原上,据说因为盛产草莓,草原上马儿和水牛的足蹄也被染得通红;草莓的种子还遍布于拉普兰,正如有人所读到的,拉普人平凡房屋上方耸起的灰色岩石"也因这野草莓而泛出红色——不仅如此,这些于拉普兰迅速冒出的奇妙莓果还染红了驯鹿的足蹄和行人的雪橇;然而,它在开花时又是那样精致、无与伦比,就连俄罗斯沙皇也派出骑马的信差将其一路运送至夏宫"。这情景就出现于拉普兰,一座暮光之城,一个你不会期待日光能将草莓染红的地方,更不用奢想太阳能将其催熟了。不过,让我们不要再因爱尔兰或英格兰人在栽培树种下铺干草,就使用"草莓(strawberry)"这低劣的称呼。

驯鹿
caribou

对拉普兰人或契帕瓦族的印第安人而言，它们可不是"草莓"——我们最好用一个印第安名字"心莓（heart-berry）"来称呼它，因为它确实是一颗绯红色的心果，我们于夏初食用可变得更加勇敢，一年中的其余日子也是如此，就像大自然一样。

到了十一月，你偶尔还能在远处找到第二波成熟的草莓，带着一抹淡淡的夕阳红，同那朝霞红遥相呼应。

悬钩子六月二十五日左右开始成熟，一直持续到八月，七月十五日为其成熟高峰期。

在相对较大且浓密的树丛中看到这些浅红色的浆果，或者在蜿蜒走过悬钩子草丛，采摘滴着雨水的果实时，我们总是分外惊喜，它让我们惊觉一年时光的前进。

对我来说，它似乎是种最为简单、纯真且超凡的水果。某种欧洲品种被妥切地命名为"吾梦（I dream）"。这一带的悬钩子主要生长于开阔的湿地，有时也长于山顶，然而很少能结出足以引人注目的果实。不过，若赶上一八五九、一八六〇年那样多雨的夏天，在这一带的一些地方，它的产量十分丰富，可采摘作为桌上佳品。

和草莓相似，悬钩子同样喜欢新开垦的土地或者甫经焚烧或清理，土壤依然湿润的地方；从前，这种土地在本地十分常见。

不论是印第安人还是白人，古人还是现代人，都喜欢采摘这小小的果实。英国植物学家林德利（Lindley）写道："在我面前有三株悬钩子，它们萌芽的种子取自某个男性遗骸的腹部，他埋于地表之下的三十英尺处，还有一些哈德良皇帝的硬币陪葬，因此这些种子有可能已有一千六百到一千七百年的历史。"不过，这种说法的正确性有待考证。

九月中旬，我有时会在湿地中看到依然新鲜的莓果，我曾听说，这里晚秋时节的一些地方还能找到悬钩子的第二批果实。

红果桑
red mulberry

　　普林尼观察到，欧洲的悬钩子最终枝条弯了下来并于末端生根，若不进行农事耕作，它将占据所有土地。因此，普林尼不禁发出这样的感叹："人似乎生来就是要照看土地，哎，这样一种最为有害且可恶的东西竟也能传授我们压条和扦插的繁殖技艺。"

　　我看到红果桑于六月二十八日成熟，还有部分可晚至七月二十六日。我知道田野里有一两棵桑树，不过它们可能由人工繁殖而来。说到桑树，普林尼这样写道："它们最晚开花，但果实最早成熟。果实成熟时，汁液会沾满双手；果实仍酸时，却能将染渍去除。农业技艺对这种树的影响最小，不论是指其名称（此处指变种）还是借由嫁接或其他任何形式，唯一改变的只有果实的大小。"

现在看来仍然如此。

七月初，较早一批蓝莓、悬钩子和黑树莓全部开始成熟。

黑树莓于六月二十八日开始成熟，一直持续到七月，巅峰期出现于七月十五日。到了六月十九日，我便能发现一些青色的莓果，它们沿着墙壁生长，割草机每割完一刈便将其果实割掉，有时它们也生长于新萌芽林地中。

这是一种朴素诚实的果实，没有太多风味，却十分健康坚实。年轻时，我常为了寻找它们到墙边漫游搜寻，同鸟儿竞采，收集到一些黑色或正在变黑的大颗莓果后，便用草茎将其串在一起，如果没带盘子，这是将果实带回家最方便的方法了。

到了七月中旬，黑树莓开始变干。不过一直到十月八日，在此之前的六周有过足量的降雨，我见过第二批成熟且相当完美的大颗浆果，其中也夹杂了一些未熟的果实。

约莫十天后，紧接而来的有高丛蓝莓。我们有两个常见的品种：果实蓝色的 *Vaccinium corymbosum* 和黑色的 *Vaccinium corymbosum* var. *atrococcum*。后者是最不常见的一种，个头小、黑色且无粉霜，较酸，较前者早熟一两天，与黑树莓同时或略早，自七月一日起开始成熟，而且两者的成熟期都持续到九月。我发现五月三十日前还未成熟的浆果，到了七月一日至五日，有的果实已经陆续开始成熟了。八月一日到五日则是其果熟高峰期。

据说，它们最北可达纽芬兰、魁北克等地，主要生长在沼泽之中，若是沼泽过于潮湿，则长于沼泽或池塘边缘，甚至偶尔也能在山坡上碰到一株。这种植物十分喜水，即便分布于像瓦尔登湖和鹅塘那样陡峭且坚硬的湖岸，它仍然仅限于湖岸生长，除非在水位高的季节，否则它的结果情况并不十分理想。一旦在洼地看到这些灌木丛，就像看到风箱树和其他一些植物，你就可以猜出自己已经来到水位线了。假使树林里的地面被水淹没到一定深度，以致具有积水或相当的湿度，泥炭藓和其他水生植物则会冒出；如果人类不加干预，那么一片浓密的高丛蓝莓树篱通常会在其四周边缘冒出,弯垂于水面,甚至遍布整片水区,不论那是宽仅一杆的水洼还是广达百英亩的沼泽。

　　这是我们沼泽中最常见的一种粗壮灌木,每逢勘测地界或在低矮的树林中行走,我都不得不砍掉不少。每次看到前方它们浓密而弯曲的树顶,我便清楚,待会脚就要被浸湿了。它的花朵有种宜人且近似莓果的甜香,摘下来一把来吃,尝来稍带酸味,一些人定会十分喜欢。它的果实有种独特的清凉,略带酸味;然而植物学家珀什(Pursh)在谈及他的高丛蓝莓(可能为别的品种)则说:"莓果黑色,淡而无味。"在位于比利时昂吉安的阿伦贝格公爵花园里,据说它被种植于"泥炭边缘来结果,其用途同大果越橘类似"——他们终于得以发现它的好处!曾有少数几次,我发现一些果实带有某种特别的苦味,这使它

大果越橘
large cranberry

们几乎无法被食用。高丛蓝莓果实的大小、颜色和口味各不相同，但我更喜欢大而偏酸、带果霜的蓝色种。对我来说，这种果实富含了沼泽的精华和味道。当蓝莓果实长得又大又密，沉甸甸的果实压弯了枝条，这时鲜少能有其他果实能呈现这般美丽的景致。

一些蓝莓果实稀疏地长在新近萌出的嫩枝上，直径有半英寸多，个头几乎和大果越橘一样大。之前我曾爬上某棵蓝莓枝头，不过我不敢说我曾摘了多少夸脱莓果。

这些不足以概括为何沼泽能吸引人前来探索。每年我们都会去这些圣地朝圣，哪怕路上有山茱萸和高丛蓝莓阻碍。这里有贝克斯托沼泽、高家洼、达蒙草甸、查尔斯·迈尔斯家洼等很多地方，相信你们一定听过。林子中还隐藏有不少其他沼泽区，仅为少数人所知。

记得几年前，我曾穿过一片大原野以东的茂密栎树林，来到一片狭长蜿蜒的蓝莓沼泽地，我不知道那里有蓝莓。这片湿地幽深而僻静，低陷于森林里，其中长满了"绿波荡漾"、三英尺高的莎草、地桂以及塔序绣线菊。这片洼地的多数地方不会弄湿双脚，不过底下的淤泥却深不可测，除非是在仲夏或仲冬，否则很难穿过，我也没在其中发现任何人类或野兽的足迹。洼地的上空，白尾鹞自在地盘旋着，它很可能已经在此筑好了自己的小巢，因为飞越森林的它早已发现这片湿地。地面上点缀着一片片蓝莓丛，四周环绕着茂密的蓝莓树篱，其中夹杂着女贞状南烛（*pannicled andromeda*）、高丛涩石楠以及长有美丽深红色浆果的野生冬青等植物，不一而足，这些都是较高树林的前锋部队。同老式子弹一样大小的硕大蓝莓与深红的冬青果和黑涩石楠交替出现或紧密交杂，对比分明又不失和谐，你几乎不晓得自己为何只摘了那些来吃，将其余的全部留给鸟儿。

我从这片湿地上向南走去，经过一条不到一英尺宽的通道，沿途俯身而行，背包不时拂去一些浆果，最终来到一片更大的沼泽或湿地，它们与前者的特征类似，因为二者是一对孪生湿地。

这些地方被树篱围住，只有到了年终岁末才能在附近一带偶然碰到，惊奇地发现自己竟站在一处蓝莓保护地的外围，那里隐蔽而新奇，仿佛离你平常走过的地方有上千英里远，就像波斯之于康科德一般。

胆怯的人将自己拘囿于陆地，那里他们得到的是零星不多的莓果和满身的刮痕。与之相比，具有冒险精神的人敢于穿越树丛悬垂的开阔湿地，涉过青姬木和泥炭藓丛，使得一杆方圆的水面微震荡漾，被倾覆或打破紫瓶子草溢出的水浸湿双脚，因而得以触及旁人未曾干扰的低垂果实。当各种野生浆果混杂在一起时，从蓝莓沼泽边缘的视角望去，没有比这更狂野、更丰富的景象了。

还有查尔斯·迈尔斯家洼。在那里，你可以从四周环绕的美丽云杉中获得比浆果更珍贵的东西，虽然你头顶上方高挂的沁凉蓝莓也毫不逊色，它们

塔序绣线菊
eastern hardhack

青姬木
bog rosemary

天然醇香又分外美丽。我记得数年前，在那片沼泽被"改善"之前，我曾去那里采过蓝莓。沼泽的主人迈尔斯先生是位知名的领奏员，并曾在安息日参与协助唱诗班的演奏。因此，沼泽深处的某座隐蔽房子里，不时传来迈尔斯低音提琴的阵阵颤音。依稀记得，那些旋律的某些回响"触动了我颤动的双耳"，使我忆起那段时光，正因为我伫立的地方似乎不属凡尘之境，我不由思考，何为真正的美名。

就这样，任一个夏天，你在房间里花一个上午进行阅读或写作之后，于下午走入田野和森林，如果有心，一个转身便可探得某座隐蔽而富饶、未经人踏足的沼泽，那里的高丛蓝莓个头大且味美，产量极丰，任你尽情品尝。这便是你真正的花园。也许（就像在马歇尔·迈尔斯家沼泽那样），你努力从一重重高过头顶的涩石楠灌木丛穿过，它们的下层树叶多已变红，和桦树幼苗一起逐渐稀薄。还有悬钩子、地桂、女贞状南烛以及大片浓密的硬毛莓（*Rubus sempervirens*），你一次次走到凉爽的开阔处，那里挺立着一两座深绿的高丛蓝莓树丛，其上点缀着硕大的沁凉莓果。或者，它们远远高过你的头顶，由于位于沼泽的阴凉处，得以长期保持新鲜和沁凉，它们小小的蓝色囊袋里装满了沼泽甘露和诸神美馔，轻轻一咬便可爆开。这不禁让我想起了杰拉德说的黑果越橘"被荷兰人（Low Dutch）[①]称为 Crakebesien，这是因为它们在被牙齿咬破时，会发出某种噼里啪啦的爆破声。"

一些大型沼泽几乎完全由蓝莓灌木组成，它们丛生相聚，伸展的树冠彼此紧密交错，庇荫着下方无数条将其根部分割开来的蜿蜒小径，就这样，它们似乎形成了一座毫无线索可寻的完美迷宫，而你只能凭借太阳寻找方向。一些小径对小兔子来说十分方便，不

[①] 在当时，人们会遵循地势高低，称相当于现在德国南部的人为"High Dutch"，现在的荷兰人为"Low Dutch"。

梭罗其他晚期博物志作品　　221

地桂
leatherleaf

轮生冬青
common winterberry

过对你而言就不那么容易了，你必须弯着身子，跨过一丛丛青草，避开积水，或许偶尔还得靠同伴的铁皮桶的声响来领路。

　　灰色的蓝莓树丛如栎树般令人尊敬——为何它们的果实没有毒性？它在我采摘过的所有佳露果族中最具天然野性风味。这感觉就像你吃了一枚有毒的浆果却最终安然无恙。这其中的乐趣，又好像我在肆无忌惮地品尝天南星浆果和斑叶毒芹一般，仿佛自己就是那莓果世界的米特里达梯大帝（Mithridates）[①]。

① 应该指的是米特里达梯六世，他曾在自己身上试验毒药的解毒剂，也把囚犯当作豚鼠一样来做试验，最终创造出一种被称为"米特里达梯"的万能解毒剂。

　　有时，八月初的丰沛降雨使得大量未熟的细小浆果膨胀成熟，通常情况下，此时应该仅有极少数浆果才能成熟。这样，这些莓果实现了人们对它寄予的春日期望，即便两周前，你还在对沼泽地里的它们感到无奈，而且至今没人相信你所看到的景象。

这里的蓝莓往往一成不变地悬在树上数周，密集地聚在一起，半打半打的莓果紧密相拥，有黑的、蓝的，又或介于两者之间的中间色。不过，我们对它们味道的欣赏通常会妨碍我们观察其美丽，尽管我们会欣赏一旁冬青果的颜色。如果它们有毒，我们应该多欣赏它们的美丽。

高丛蓝莓继续留到九月。某年九月十五日，瓦尔登湖湖水高涨，我发现一些非常新鲜的高丛蓝莓悬于湖的南边，数量颇丰，还有许多仍未成熟，不过沼泽里的蓝莓都已枯萎。通常它们在八月中旬之后开始枯萎，尽管长得仍然十分茂密，不过早已失去了其天然风味，或者说那种狂野、充满活力的口感，逐渐变得暗淡、乏味。

我有时也会看到一种两到三英尺高的黑色浆果，果实颇大呈椭圆形，少或无果霜，叶片狭窄，花萼明显，似乎介于旱地蓝莓和矮丛蓝莓之间。

这一带的许多沼泽皆因蓝莓而被认为颇有价值，因而渐渐被购为私产，我还听说因蓝莓丛被烧毁，仲裁人判决赔偿损失费的案例。我认为，用这些浆果做成的菜肴中最为特别的是"蓝莓空心"，这是一道特殊派皮围着蓝莓做成的甜点，同样的做法也可用于黑莓。

当树叶落尽，这些蓝莓灌木丛就显得粗糙的、暗淡而死寂；那些最古老的树丛看起来古老而神圣，的确，它们比你想象的还老得多。由于生长于沼泽和池塘的边缘以及沼泽中的小岛，它们常可逃脱同树林一起被砍伐的命运，所以比整座树林还老。鹅湖边上也长着许多蓝莓，介于陡峭山坡和湖面之间，形成一条仅有三四英尺宽、狭窄的环湖地带，因而躲过被砍伐的命运。这是蓝莓在那里的全部领土，没有一棵长于这条线以下或以上。这些树丛像湖泊的睫毛般。它们外表苍老，呈现灰色，覆满地衣，通常形态弯曲，与邻树纠结缠绕，所以当你将其砍掉，也很难把它从树丛中完全拉出。

冬季，当你可以于冰上站立时，便是检视蓝莓树丛的最佳时机。受累年降

灰嘲鸫
gray catbird

雪的积压，它们的腰肢弯了下来，几乎贴近冰面；与之对比，健壮的新枝在其两侧垂直蹿升，如同挺拔的青年立于伛偻的老父身旁，承担着延续家族的使命。它们扁平、鳞状的灰色树皮裂成一片片修长、细致而紧紧黏附的鳞片，内层的树皮则为暗红色。

我发现，这里不少灌木丛已然达到人类寿命的一半。在一株根端周长达八英寸半的植株上，我准确地数出了四十二圈年轮。从另外一株我砍下一根四英尺长、细端周长约六英寸半的圆木，颇为厚实，纹理细密，不过没人能分辨出它的种类。

我见过最大、最漂亮的莓果是在弗林特湖一个我称之为白檫木岛的地方。事实上，它是一丛小灌木组成的小树丛，约有十英尺高，树冠同样宽达十余英尺，十分健壮且有活力。它在离地六英寸处分成五个枝干，在其三英尺高的地方，其测量周长分别为十一英寸、十一英寸半、七英寸、八英寸以及六英寸半，或平均周长九英寸半。在靠近地面的地方，它们合成一根结实的树干，周长三十一英寸，或者直径达十余英寸，不过也许那些枝干是在一起生长的——的确，它们看起来好像是从同一颗莓果的不同种子上长出来的。树枝以常见的曲折状和半螺旋状向上伸展，树冠也逐渐向外扩展，有时一节枝干甚至搭在邻枝的枝杈上，开裂的、细致的红色树皮间有时披着大片灰色或黄色的地衣（主要种类为皱梅衣 Parmelia caperata 和梅衣 Parmelia saxatilis），在其四周延伸开来。附近的河岸也染得通红。由许多细枝组成的伸展的树冠则稍平或略呈伞状，与下方更为开阔的部分比，即便是在冬天，树冠在天空的映衬下仍显得分外浓密而阴暗。在这些细细的树梢上，灰嘲鸫常来筑巢，黑蛇也爱栖身于此，不管它们是否发现雏鸟了。从那些我数过的年轮来判断，这些枝干中最大的一定也有五十岁了。

我爬上这棵树，并以双脚找到一处离地四英尺的舒适位置，那里还能再坐三四个人，不过可惜的是，这不是莓果成熟的季节。

披肩榛鸡们也一定十分熟悉这片蓝莓树丛。不用说，它们远远地从它独特

披肩榛鸡
ruffed grouse

的树冠便能区分开来，然后像子弹般向它冲去。其实，我注意到在冰面上有它们的踪迹，它们在先前的一次雪融中曾在那里以它大大的红色嫩芽为食。

由于蓝莓树丛矗立于难以到达的小岛上，所以未被砍伐。岛上几乎没有五叶地锦这种植物，所以它们都已长到完整大小。也许在白人来砍伐森林之前，这里还能看到更大的。这些蓝莓通常比果园里许多人工栽培的果树要老，而且可能在作者出生之前就已经结过果实了。

约莫同一时间，晚熟的或称之为第二种蓝莓，即低矮蓝莓，也就是旱地蓝莓开始成熟。这种饱满的莓果常同佳露果丛一起出现，树丛大小相似。这种挺立、细长的灌木分叉成一些长长的棍状分枝，树皮为绿色，新枝为深红色，而树叶则为蓝绿色。它的花朵有种柔美的玫瑰色调。它们或是生长于开阔的山坡，或是生长于牧场，又或生长于新萌芽林地或是稀薄的树林，高达一英尺半到两英尺。

五叶地锦
Virginia creeper

　　这种树叶为蓝绿色的灌木,其果实早于佳露果成熟,且味道更甜(即便其甜度不及我们任一种越橘族 Vaccineae 的果实)。比起其他黑果越橘,这种蓝莓以及高丛蓝莓的花朵开得更为浓密,因此二者的莓果也不如佳露果分散,而是紧密地簇拥在一起,有点像总状花序,这样你就可以一次摘下一把大小不同、品质不一的蓝莓。起初,你会发现最成熟的莓果不在山顶上,也不在较低的山坡,而是在陡坡,或是在莓果接受最多阳光和温暖的东南侧或南侧山坡。

　　对于不少较晚开始野外观察和探索的人来说,这是他们唯一熟知的低丛蓝莓。还有一种更早成熟的矮丛蓝莓,为了方便,我们或许可以称其为 bluet① (矮丛蓝莓,我们认为这时该种蓝莓有点过季,并且不再结果),果实表面覆有一层淡蓝色的果霜,带有山岳和春天般的气息——这样的莓果确实十分漂亮、纯粹、芬

---

① bluet 一般多指美耳草。

芳。不过，我们也得承认，其果质偏软、稀薄而乏味。与之相比，晚熟的矮丛蓝莓更像是某种固质食物，如面包般硬实，不过同时也更有土味。

一些年份，矮丛蓝莓果实结得大而丰盛。等到八月二十日，虽然一些果实已经开始有些枯萎了，不过整体差强人意，而此时佳露果已经变得良莠不齐。到了九月一日，不少莓果已有些皱缩，如果适逢雨季，果实则会腐烂；如若不是雨季，它们则会变得半干，如同在平底锅上炙烤过一般。不过，整体来看果实还算优质甜美，不像佳露果那样容易生虫。矮丛蓝莓是值得推荐的果蔬佳品，因此你可放心采来食用。本州一有干旱时，莓果往往极为盛产。有时我直到九月中旬才开始采摘莓果，事实上，不少果实还颇为完好，植株的其余部分也变成了深红色，那是矮丛蓝莓的秋日色调。果香萦绕的蓝莓果同它那色彩鲜明的树叶形成了奇妙的对比。

第二章 野草和禾草

皮克林谈及植物种群时说道："我发现奇努克村周围大量分布着萹蓄（*Polygonum aviculare*）和藜（*Chenopodium album*）两种野草，而布雷肯里奇先生在格雷港一处幽静的地方还遇到第三种：大车前（*Plantago major*）。"

最近传入美国西北部的植物包括传入柯尔维尔堡的臭春黄菊（*Anthemis cotula*）、苋菜（*Amaranthus*）和荠菜（*Capsella*），以及传入尼斯阔利堡的苦苣菜（*Sonchus oleraceus*）和传入俄勒冈州的风铃草（*Campanula*）和春蓼（*Polygonum persicaria*），此外还有种棱粟米草（*Mollugo verticillata*）。

库克和福斯特在新西兰发现的植物有苦苣菜（经由原住民引进，也是最早在新的国家繁殖传播因而得以扎根生长的物种之一）、刺果瓜（*Sicyos angulatus*）和旋花（*Calystegia sepium*）。

欧洲引种的植物包括夏威夷群岛的刺果瓜、秘鲁和巴塔哥尼亚等地的马齿苋（Portulaca oleracea）和苦苣菜。

埃及引种的植物有：圆蓼（Polygonum circularia）、藜、异株荨麻（Urtica dioica）、欧荨麻（Urtica urens）、宝盖草（Lamium amplexicaúle）、无心菜（Arenaria sulra）、繁缕（Stellaria media）和春蓼。

达尔文在《物种起源》中谈道："阿萨·格雷博士最新一版的《美国北部植物手册》（Manual of the Flora of the Northern United States）中罗列了二百六十种已归化的植物，它们分属一百六十二个属。由此，我们可以发现，这些已归化的植物具有高度多样性的特征。此外，它们又在很大程度上与本地植物不同，因为在这一百六十二个属中，有一百余属并非本地所产。"

达尔文还写道："康多尔曾说，带翼瓣的种子从未出现于还未打开的果实。"

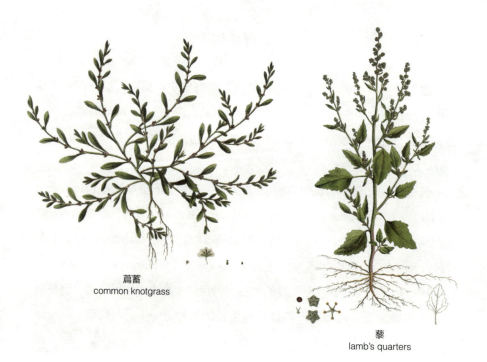

萹蓄
common knotgrass

藜
lamb's quarters

达尔文在其《小猎犬号航海记》(*Voyage Round the World*)中提到刺苞菜蓟(*Cynara cardunculus*)这种由欧洲引入,而今在布宜诺斯艾利斯十分常见的物种——并且远播整个美洲大陆。他说,仅在拉普拉塔河东岸区,就有广达数百平方英里的土地覆满这种带刺的植物,人类和野兽都无法穿透。连绵起伏的平原上,这些植物成片出现,没有其他植物可以存活……我怀疑,历史上是否记载有一种植物如此大规模地入侵原生植物的案例?

达尔文提及蒙特维的亚郊野地区和其他一些地方的不同之处时认为,牛群在此施肥和放牧是造成差异的主要原因,他还提到阿特沃特,说在北美的大草原上也观察到同样的现象,"那里约五六英尺高的粗草经牛群啃食后,变成了普通的草地。"

大车前
greater plantain

臭春黄菊
stinking chamomile

苦苣菜
common sowthistle

旋花
hedge bindweed

卡本特在其《植物生理学》（*Vegetable Physiology*）一书中写道：

这似乎是一个了不起的事实，那些种子供人类食用的草本植物，如同家畜般跟随着人类。这是因为：如果没有充足的磷酸镁和磷酸铵，没有哪种玉米作物能结出可产出大量淀粉的种子。因此，这些植物只能生长于包含这些成分的土壤中，除此之外，还要有上述提到的硅和钾。而富含上述成分的土壤莫过于人类和动物们居住的地方，因为这些物质主要包含在动物体内并由它们的排泄物或死后的尸体分解释出。

我在牛粪里看到乌鸦和鸽子经常采食的谷粒，这些谷粒可能仍然保有活力,并能协助传播我们的食物。

如果有人质疑我展示的种子是否足以解释路边和其他地方每年都会冒出的野草大军,那么就请他想想,仅少量种子便能传播多远,或者这些种子又何其微小。不消说田野,这个镇上每年有多少绿意盎然的花园,其起源不过是某位震颤派教徒(Shaker)①留在店家的两三盒园艺种子,而这些浅盒中的种子也不及一半。嗨,你几乎一把就能将其放入大衣口袋。而有些种子,你又很难取得足够的分量。那么,试想,如果用划算的方法,一及耳芜菁种子能播撒多少面积啊!

① 美国教派,教徒禁欲独身,聚居一处,崇尚俭朴的生活。

刺苞菜蓟
cardoon

宝盖草
henbit deadnettle

第三章　森 林 树 木

关于森林树木演替这一课题，所有我读过的重要研究主要包括一八〇八年发表的某几期《费城农业促进协会会报》（Memoirs of the Philadelphia Society for Promoting Agriculture），以及皮克顿的约翰·道森（John William Dawson）于一八四七年四月在《爱丁堡哲学期刊》（Edinburgh New Philosophical Journal）发表的一篇文章。

第一份期刊刊登的四位专家作者分别为彼得斯（Mr. Peters）（显然他是第一位论及这个主题的学者）、米斯（Mr. Mease）、阿德勒姆（Mr. Adlum）以及柯德威尔（Mr. Caldwell）。他们援引了赫恩（Hearne）的《北方海洋之旅》（Journey to the Northern Ocean），该书指出，最远北达丘吉尔河畔，"在土地被焚烧后，或者更确切地说，林下灌丛和苔藓被焚烧后，草莓、悬钩子灌丛和蔷薇果会在它们之前从未出现过的地方大量冒出"，河滨或内陆均如此。在我看来，赫恩的意思是由于阳光射入，土地因受热而变得松散，所以已被播种的植物可以迅速破土而出。

他们还引述了卡特莱特（Cartwright）的《拉布拉多事务日志》（Journal of Transactions at Labrador）："如果因雷击或人为生火的疏忽使得云杉老林被烧毁，那么印度茶通常会最先长出，其次是醋栗，然后接着是桦树。"

《费城农业促进协会会报》中，彼得斯于一八〇八年撰文证实赫恩有关草莓的说法，即大片松木被焚烧后，会有草莓冒出。

在同一期会报里，来自马里兰的阿德勒姆写道，在他所处的年代，"白桦和野黑樱"在宾夕法尼亚州与纽约州接壤的那一侧发生风倒后冒出的现象。

他们相信"林间树木轮替或演替生长的规律"。

米斯指出："在苏格兰贫瘠荒芜的石南灌丛和苔藓地上，并无种子撒播其中，只是因为它表面撒了一些石灰，之后就长出了白车轴草。"

黑云杉
black spruce

白云杉
white spruce

  阿勒德姆也让彼得斯想起，在来可明郡的某座森林里，"苍老腐败的树木要么早已被风吹倒，要么因年老而衰败，它们同现存的树种已截然不同。"

  彼得斯用"厌松土（pine-sick）"一词来形容松树未能接替原有松树的土壤。

  柯德威尔写信给彼得斯谈到，林木被砍后，火生草就会冒出，在这之后的第二或第三个夏天，白车轴草就会长出，即便之前方圆数英里内没有任何一株白车轴草。柯德威尔也曾提到达克斯伯里郡的松树，他相信："这些松树是一种新的自然产物，未曾由人类或动物引入。"

  不过，我读过的最合理的论文当属道森先生的《论英属北美森林的破坏与部分再生》（*On the Destruction and Partial Reproduction of Forests in*

British North America）。他写道："一般而言，落叶树或硬木林普遍生长于丘陵间的低地、肥沃的山地，以及板岩和玄武岩山丘的侧面和顶峰；而沼泽、肥沃度较轻的高地土壤和花岗岩丘陵则主要被针叶林占据。"

他引用新斯科细亚省的史密斯的下面一段论述：

> 如果森林中有一两亩林地被砍伐，然后置之不理，那里很快就会冒出与先前被砍伐的树木类似的树种；然而，当大片林地上的树木被大火烧毁，仅有部分沼泽幸免于难时，那么一种完全不同的草木就会出现；首先会冒出大量的草本植物和灌木，它们都不会出现在有活树林生长的土地。这片布满了遭大火扼杀的森林树木和植物的腐须烂根的草地，如今成为一片温床，在地下沉睡了数个世纪的种子破土而出，在松软的土壤里茁壮成长。然而在最贫瘠的土地上，蓝莓几乎随处可见；在山毛榉林和铁杉林的边缘，也长满了大片覆盆子、柳兰，不久之后，大量短毛接骨木和美国酸樱桃就会出现。然而，没过几年，悬钩子和大部分草类全部消失，继由冷杉、白桦、加拿大黄桦和杨树取代。当有一系列火灾发生时，小型灌木便占据了贫瘠地，最为繁茂的便是狭叶山月桂，在十年到十二年的时间里，这些灌木形成了如此广袤的草地，桤木小灌木丛渐渐开始出现，而在它们的庇护下，冷杉、云杉、北美落叶松和白桦也冒了出来。当地面被高达二十英尺的灌丛完全遮蔽，原本占据该地的物种开始占上风，并扼杀了先前为它们提供庇护的树林。六十年内，这片土地注注会再次被先前长出的某种树种重新覆盖。

道森接受了史密斯的上述说法，并对其进行了详细阐述。

他说，首先长出延龄草（*Trillium*）和蕨类，它们的根在大火中存活下来。接着是柳叶菜、一枝黄花（*Solidago*）、紫菀、蕨、石松（*Lycopodia*）和苔藓，

狭叶山月桂
narrow-leaved laurel

美国酸樱桃
pin cherry

这些植物的种子飘浮在空中。再接着便是鸟儿掉落的小果实。

"米拉米契地区的松林毁于一八二五年的一场大火,接着长出一片次生林,主要由白桦、杨树和野黑樱树组成。"

"次生林几乎总会包括许多同之前树种类似的树木,当较小的树木充分生长并达到其应有的高度时,次生林木和其他更为繁茂的树种便能超越它们,最终导致它们死亡。这座树林至此到达其最后阶段,即完全再生。显然,促成这一过程这一阶段的原因是:在一座古老的森林里,树龄最长、最为高大的树总能占据上风,并把其他树木排除在外。"然而,正如道森所评论的那样,人类干涉了森林的再生演替。

译 后 记

《种子的信仰》描述了植物通过种子传播得以生态演替的过程，探讨了作为生命载体的种子在自然界中如何借助风、水、动物以实现自我的培育。如果说《瓦尔登湖》是一场对美好自由的自然生活的庆祝，《种子的信仰》则盛赞自然的繁衍、富饶和相济相生，从这个意义上讲，本书可以说是《瓦尔登湖》的姊妹篇。在这部有关种子的作品中，梭罗将诗意的哲思融入寻找森林语言的探索中，以专注热忱的方式展示了我们周遭的世界，让我们深信，每天都是一个全新的季节。

作为一名译者，我很幸运同梭罗相遇。我想，这部作品之所以重要，一方面在于它是一部重要的自然史著作；另一方面，它延扩了种子的意义，启迪了我们有关自我生命的思考。种子代表的不仅是生命的出生，也是重生，每一日都是创造，每一日都是新生。正如《亨利·梭罗：心灵的生活》（*Henry Thoreau: A Life of the Mind*）一书的作者罗伯特·理查森写的，在梭罗看来，"学习自然与了解自己殊途同归，这也是文学表达的指归所在"。由此，在梭罗的作品里，我们时常可以读到这样充满智慧的文字：

有的人整日匆忙，忙着实现那些疯狂的愿景，不过是为忙碌而忙碌，哪怕其实无事可忙，它们徒劳无果的事业不禁让我想起这些蓟草。比如，忙碌的商人和交易所的掮客靠着赊欠信贷来做生意，或是押注热门的股票，他们一次次失败后又获得帮助，无所为而为。在我看来，这些不过是无谓的忙碌，没有东西能够留存，对于蓟草群落而言毫无用处，甚至连一个蠢人也吸引不来。当你想安慰或解救某个失意商人（带他走出法庭），帮他再度腾飞之前，莫要忘了花点时间看看他是否拥有成功的种子。这样的人从远处便能辨认出来。他"飘动"得缓慢而稳健，负重前行——他的事业，终会开花结果。

这种著名的加利福尼亚树种是大事，它源自的种子是小事。一位行者鲜少会注意到它的种子，其他很多植物的种子或同样来源如此。然而，正如普林尼所说，自然于至精至微处卓越。

文章憎命达。一八六二年五月六日，这位自然之子仅在世间停留了四十五年的岁月便永远地离开了这个世界。梭罗离世后，他的朋友这样写道："这个国家还不知道，或未曾察觉，它失去了一个多么伟大的儿子。在未竟也无后人能竟的事业中猝然离去，这是何种伤痛；如此崇高的灵魂，竟在同侪未能真正认识他之前便永久地离开了自然的怀抱，又是何等不幸。"或许，正如梭罗所说，松树是他生命的象征。在我们今天阅读梭罗的文字时，他的生命种子，就像那坚韧不拔的松树般，再次焕发新的生机。

二〇二〇年初新型冠状病毒来袭，随后蔓延数月，席卷全球。在这期间，同很多人一样，我在家中数月，白天忧虑重重，到了夜晚，我便强迫自己平静下来，展开书本，阅读、翻译梭罗。我想，在这样的日子，能够阅读、翻译这样一本崇仰自然、敬畏生命的奇书何尝不是一件幸事。

至于本书的翻译过程，我在此不做有关源语与译语文字对比方面的阐述，总的来说，在我能力允许的范围内，我力求做到译文的准确、通顺与流畅。当然，实现这一目标绝非易事。本书原稿创作于十九世纪五六十年代，至今，已过去一百七十余年，加之梭罗的研究十分庞杂，从乔木、灌木、野草、野果，再到爬行动物、鱼类、昆虫和花卉，均有涉猎，因此，要将这位伟大的自然之子的记录与思考准确地还原，几近不可能。在此，我要特别感谢华中科技大学出版社的编辑老师，特别是本书的策划编辑刘晓成的辛勤付出，刘老师在博物文学作品出版方面具有丰富的经验，为本书动植物译名的校对及后期配图付出了大量的精力，其精益求精的精神也必能裨补原译文的不足。

  最后，感谢家人、师长与朋友的鼓励支持，感谢出版社的信任，译文如有疏漏乃至误解之处，敬请读者朋友批评指正。

赵燕飞

2020 年 6 月